국경기행 외

1920년대 백두산과 그 일대 국경

국경기행 외
1920년대 백두산과 그 일대 국경

초판 인쇄　2016년 6월 23일
초판 발행　2016년 6월 30일

편역자　채숙향
펴낸이　이대현
편　집　권분옥
펴낸곳　도서출판 역락
주　소　서울시 서초구 동광로 46길 6-6 문창빌딩 2층
전　화　02-3409-2060(편집부), 2058(영업부)
팩　스　02-3409-2059
등　록　1999년 4월 19일 제303-2002-000014호
이메일　youkrack@hanmail.net

정　가　8,000원
ISBN　979-11-5686-342-7　03830

* 사전 동의 없는 무단 전재 및 복제를 금합니다.
* 파본은 교환해 드립니다.
* 이 도서의 국립중앙도서관 출판예정도서목록(CIP)은 서지정보유통지원시스템 홈페이지
 (http://seoji.nl.go.kr)와 국가자료공동목록시스템(http://www.nl.go.kr/kolisnet)에서 이
 용하실 수 있습니다.(CIP제어번호: CIP2016016218)

이 저서는 2007년 정부(교육과학기술부)의 재원으로 한국연구재단의 지원을 받아
수행된 연구임(NRF-2007-362-A00019).

국경기행 외

1920년대 백두산과 그 일대 국경

채숙향 편역

역락

머리말

본서는 일제강점기 대표적인 재조일본인在朝日本人 미디어 중 하나인 종합잡지 『조선 및 만주朝鮮及滿州』(1912.1~1941.1)와 일간지 『조선신문朝鮮新聞』(1908.12~1942.2)에 실린 북한 여행기를 편역한 것으로, 1920년대 재조일본인이 북한, 특히 압록강 일대와 백두산을 위시한 국경 지역을 여행한 내용을 담고 있다.

먼저 잡지 『조선 및 만주』에 실린 「국경기행」은 도가노 아키라栂野晃完라는 신원 미상의 작자가 1925년 8월 213호에서 1926년 9월 226호에 이르기까지 총 6회에 걸쳐 연재한 기행문이다. 기행문 1회차 첫머리에 명시하고 있듯이 '국경 방면의 시찰' 목적을 띤 이 기행문은 총 두 차례의 여행으로 구성되어 있다.

첫 번째 여행은 4월말 경의선 열차를 타고 신안주新安州로 들어가 신의주新義州로 돌아오는 여정으로, 1925년 8월 213호와 9월 214호 총 2회에 걸쳐 연재되었다. 두 번째 여행은 1925년 11월 216호, 1926년 2월 219호, 7월 224호, 9월 226호 총 4회에 걸쳐 연재되었는데, 여기서 작자는 백두산白頭山 등정을 목표로 7월 29일 경성을 출발하여 북청北靑으로 들어간 뒤, 31일 아침 북청천北靑川을 따라 북으로 이동하여 혜산진惠山鎭에 이른다. 그리고 혜산진에서 결성된 등산대에 참가하여 압록강을 따라 백두산 일대를 돌아보고 다시 혜산진으로 돌아오는 여정을 그리고 있다.

이러한 두 차례 여행을 통해 작자는 '기행'이라는 타이틀에 걸맞게 북쪽의 다양한 관광명소, 가령 묘향산妙香山 보현사普賢寺라든가 단군굴檀君窟, 백두산의 다양한 봉우리와 삼지연三池淵, 천지天池 등을 직접 발로 뛰며 소개하고 있다. 뿐만 아니라 '시찰'이라는 목적에 걸맞게 여행 중 통과하는 각 지방의 행정구역상 정보와 경제 현황, 재조일본인 사업가들의 사업 형태, 선인鮮人들의 생활상, 화전민들의 모습, 수목과 화초를 중심으로 한 자연 풍경 등을 구체적인 숫자와 함께 최대한 객관적으로 전달하려고 하고 있다.

동시에 '국경'이라는 제목에서 엿볼 수 있듯이, 당시 북한과 국경을 마주하고 있던 중국 쪽 영토, 가령 모아산帽兒山이라든가 통구通溝의 고구려 유적 등과 함께 북한 쪽 영토인 갑산甲山과 보천보普天堡 등지에 남아 있는 옛 여진족의 흔적에 대해서도 적고 있다. 특히 흥미로운 것은 국경을 사이에 두고 지나인들과 벌이는 각종 분란 및 지나인 관헌들의 행태, 비적, 마적과 같은 소위 불량선인들의 활동 양상을 수차례 구체적으로 언급하고 있다는 점이다. 비적의 습격과 관련해서는 당시 실제 일어났던 고마령 전투古馬嶺戰鬪라든가 친일마적 장강호長江好 등이 그 배경이 되고 있다. 백두산 등정 기록 중반에 등장하는 백두산 정계비에 대한 기술 역시 당시 중국과의 국경 문제에 있어서 빼놓을 수 없는 상징물에 대한 기록으로 주목할 만하다.

백두산의 신비경

함북경찰부장咸北警察部長 노가와 도모오野川鞆雄 씨가 이번 달 관내를 순회하며 백두산의 신비경을 찾았을 때 정상에서 촬영한 것.

—『조선신문』 제8264호, 1924. 8. 27.

이어서 일간지『조선신문』에 실린 두 개의 여행기,「국경 200리 압록강을 거슬러 오르다」와「국경의 안쪽으로-백두산(장백산) 기슭까지」는 각각 1925년 6월 3일 제8539호부터 1925년 6월 7일 제8544호, 1925년 8월 1일 제8597호부터 1925년 8월 9일 제8605호까지 연재된 것으로, 국경자國境子라는 필명의 기자가 취재기 형식으로 기고한 기행문이다(「국경의 안쪽으로-백두산(장백산) 기슭까지」의 경우 이후로도 11회에 걸쳐 기사가 이어지지만 본서에는 앞부분의 5회차만 실었음을 알려둔다). 두 시리즈 모두 작자가 압록강 일대 국경 지역, 그리고 백두산을 중심으로 한 북한의 내륙 지역을 여행하면서 보고 들은 이야기들을 소개하고 있다.

신의주에서 배를 타고 창성昌城, 초산楚山, 강계江界, 만포滿浦에 이르는 여정을 담고 있는「국경 200리 압록강을 거슬러 오르다」는 앞서 나온「국경기행」의 첫 번째 여행과 비슷한 여정을 보이고 있는데, 여기서 작자는 이 일대 재조일본인들의 인물상과 관련한 에피소드, 또는 당시 국경 지역에 자주 출몰하던 비적과 관련된 정보를 전달하는 데 주력하고 있다. 또 함흥咸興에서 장진강長津江 유역, 신갈파新乫坡 지역에 이르는 여정을 다루고 있는「국경의 안쪽으로－백두산(장백산) 기슭까지」 역시 여정상으로는 「국경기행」의 두 번째 여행과 일부 겹쳐지며, 그 내용은 「국경 200리 압록강을 거슬러 오르다」처럼 여행지에서 보고 들은 재조일본인들의 활동상을 비롯하여 당시 빈번하게 일어나던 산불의 모습, 화전민의 실상 등을 전달하고 있다. 두 여행기 모두 국경 일대를 여행하며 보고 들은 다양한 재조일본인들의 활약상을 에피소드 중심으로, 다소 가십에 가까운 내용까지 포함하여 소개하고 있는 점이 특기할 만하다. 이러한 서술적 특징은 「국경기행」이 '시찰'이라는 목적을 내세운 본격 여행기에 가까운 데 비해, 「국경 200리 압록강을 거슬러 오르다」와 「국경의 안쪽으로－백두산(장백산) 기슭까지」는 신문에 연재되는 짧은 칼럼 형식을 띠고 있는 것과도 무관하지 않을 것이다.

비적, 화전민, 벌목, 채굴

일제는 1920년대로 접어들면서 1910년대 무단통치방식에서 고도의 유화적인 제스처를 보이는 문화통치로 통치 노선의 변화를 보이게 된다. 이에 따라 일제의 강압적인 무력 행동이 다소 누그러지고, 조선인에 대한 교육제도가 개선되는 동시에 일정 부분 언론의 자유가 허용되는 등, 전반적인 사회 분위기는 표면상으로나마 부드러워지는 모습을 보이고 있다. 그러나 1920년대의 국경 지역은 정치적으로 1919년 3.1 운동 이후 본격화된 독립군의 항일무장투쟁으로 인해 크고 작은 분쟁이 끊임없이 일어나는 대단히 불안한 분위기에 휩싸여 있었다. 또 경제적으로도 1910년대부터 시작된 일제의 경제 수탈이 임업과 광업을 중심으로 본격화되고 있는 상황이었다.

본서에 수록된 세 편의 국경 지역 여행기는 당시 국경 지역의 풍물에 대한 기록이기도 하지만, 위에서 언급한 정치·경제적 상황을 관통하는 몇 가지 키워드, 즉 비적·화전민·벌목·채굴 등에 대한 생생한 기록을 재조일본인의 눈을 통해 엿볼 수 있다는 점에서도 상당히 흥미롭다고 할 수 있다. 여기에는 압록강 일대와 백두산 기슭의 아름다운 풍경이나 관광명소에 대한 묘사뿐만 아니라, 앞서 언급한 국경의 정치·경제적 상황에 관한 다양한 층위의 기록이 담겨 있다. 철저히 재조일본인들의 이익을 우선시

하는 관점에서 기록된 본서의 여행기들을 통해 거꾸로 그 당시 불량선인, 또는 화전민으로 치부돼야 했던 다수의 선인들의 고단한 현실을 구체적으로 그려 볼 수 있게 되길 기대한다.

끝으로 원문 속 한문을 번역하는 데 도움을 주신 성균관대 최원경 교수님, 촉박한 출판 일정 속에서도 본서가 나올 수 있도록 세심하게 신경 써 주신 역락의 권분옥 편집자님께 감사의 마음을 전한다.

2016년 6월
채숙향

차례

일러두기

1. 외래어 표기의 경우 원어 발음을 기준으로 표기하는 것이 원칙이나, 본서에 등
   장하는 중국(지나) 쪽 지명이나 인명의 경우, 당시의 분위기를 보다 생생하게
   전달하고 읽기의 편의성을 도모하기 위해 한자의 우리말 표기를 기준으로 하
   여 표기했음을 알려둔다.
2. 오탈자로 추정되는 원문 표기는 본서의 본문에 수정하여 표기하였다.

국경기행 1

도가노 아키라(栂野晃完)

4월 말이었다. 얼음이 녹기 시작한 북한北韓에서 국경 방면으로 시찰을 해 보고자 경의선京義線 열차에 몸을 싣고 신안주新安州에서 하차했다. 여기서부터 회천경편철도會川輕便鐵道로 여러 번 갈아타고 청천강淸川江을 따라 가던 도중 구안주서舊安州署를 통과했다. 구안주는 군청 및 법원지청, 식은殖銀1) 지점 등의 소재지로, 다소 북적이는 마을이었다. 구안주 외곽의 칠불사七佛寺는 예의 수양제隋煬帝와 얽힌 전설2)로 유명한데, 지금은 옛 모습을 찾아볼 수 없을 만큼 초라해서, 이름뿐인 전당殿堂을 남긴 채 청천강을 바라보며

---

1) 동양척식은행(東洋拓殖銀行)의 약어.
2) 이 절의 창건은 을지문덕(乙支文德)의 살수대첩과 밀접한 관계가 있다. 612년(영양왕 23)에 을지문덕이 청천강 남안(南岸)에서 수나라의 대군을 쳐부술 때, 7인의 승려가 옷을 입은 채 유유히 걸어 청천강을 건넜다. 이에 속은 수나라 대군이 일시에 강을 건넜으나, 수심이 깊어 물에 빠져 죽은 자가 헤아릴 수 없이 많았다. 이 싸움에서 크게 패한 수나라 군사는 물러가고, 일곱 승려의 신묘한 업적이 세상에 전해지자 이를 기리기 위하여 성 밖에 절을 짓고 칠불사라 하였다.

쓸쓸히 서 있었다. 구안주를 지나 회천에 도착했다. 회천會川은 회천 철산鐵山의 소재지로, 철산은 23면적 967만 평의 광구鑛區3)가 있고, 폭 20정町4) 길이 5리里5)에 이르는 거대한 광상鑛床6)을 갖고 있다. 최근 채굴량은 연간 5만 톤이라고 한다. 또한, 회천은 근래 안만도로安滿道路와 본경편철도本輕便鐵道가 맞닿아 있는 지점으로, 오지奧地와의 관계에 있어 물자의 반출입상 중요한 지점이라는 세상의 인정을 받기에 이른 까닭에 상당히 번성한 모습을 보이고 있었다. 여기서부터 승합차가 매일 1, 2회에 걸쳐 희천熙川, 전천前川을 통과하여 강계江界로 간다. 그 사이 56리를 필두로 하여, 덕천德川, 영변寧邊은 물론이고 인근 숙소 및 마을들과도 빠짐없이 연락을 취하고 있었다. 나는 5월 5일 오전 10시 평안자동차상회平安自動車商會의 승합차를 타고 회천을 출발하여 먼저 희천으로 향했다. 회천을 출발한 이후, 청천강을 따라 끊임없이 동쪽을 향해 일등도로인 안만도로를 달리는 것이었다. 달리는 도중 회천에서부터 11리 떨어진 곳에 있는 청천강 상류 표북골標北 연안에 이르렀지만, 가교架橋가 없어 자동차를 배로 삼아 대안對岸으로 건너갔다. 강물은 맑고, 상류 지역에는 높은 산들이 병풍처럼 우뚝 솟아 있

---

3) 관청에서 어떤 광물의 채굴이나 시굴을 허가한 구역.
4) 거리의 단위(1정은 60간(間)으로 약 109m).
5) 거리의 단위(1리는 약 3.9km).
6) 유용한 광물이 땅속에 많이 묻혀 있는 부분.

었다. 그중에 특히 눈에 띄는 삼각형 모양의 산이 있어 물어보니 삼각봉三角峰이라 부른다고 한다. 그리고 다시 청천강을 따라 청류를 내려다보고 전후좌우의 청산을 바라보면서 끊임없이 단애절벽을 달려갔다. 산은 높고 물은 맑으니 과연 이를 절경이라 하지 않을 수 없었다. 우리는 이 절경 사이를 달려가길 10리, 청천강을 사이에 두고 월림月林이라는 마을을 조망하는 지점에 이르렀다. 여기서부터는 차에서 내려 강을 건너가 월림에서 잠시 쉰 후, 청천강 지류인 향천강香川江을 따라 거슬러 올라가길 1리 반, 묘향산妙香山 보현사普賢寺에 도착했다.

묘향산은 조선 4대 명산 중 하나이다. 보현사의 기록에 따르면 묘향산은 보현보살의 수적지垂迹地[7]로, 일명 아미峨嵋라고도 한다. 지금으로부터 960여 년 전, 즉 송宋나라 개보開寶 9년 무진년, 고려 광종 19년 황주黃州 사람 탐밀探密 대사가 이 산에 들어와 처음으로 동부洞府[8]를 열고 절을 지어 안심사安心寺라고 이름을 붙인 것이 시초였다. 당시 보현사는 조선국내 굴지의 대사원으로, 묘향산은 곧 팔만사천 법계라는 말에서 알 수 있듯이, 부근의 많은 봉우리와 계곡들 중 사원이 아닌 곳이 없고 불법의 세계가 아닌 곳이 없었다. 당시 3,000명의 대중들이 거주하였는데, 아침저녁으로 이루어지는 독경과 관행觀行[9] 또한 대단한 장관을 이루었다

---

7) 부처·보살이 중생을 구하기 위하여 신의 모습으로 환생(幻生)한 곳.
8) 신선이 거처하는 곳.

고 한다. 탐밀이 천화遷化[10]한 후에는 법사法嗣[11]가 정해지지 않아 세력을 떨치지 못하고, 지금으로부터 300여 년 전 서산대사西山大師(지금으로부터 14대 전)가 중흥의 주역으로 나타나기 전까지, 600여 년 동안 사원의 정세는 사실상 전혀 명료하지 않았다고 한다. 이는 탐밀 이후 서산에 이르기까지 법사에 관한 기록이 보현사에 전혀 남아 있지 않다는 한 가지 사실에 비춰 봐도 확실한 듯하다. 서산대사는 청허淸虛라고도 불리며, 그 전에는 완산完山 사람 최씨였다. 우리의 분로쿠노에키文錄の役, 조선에서 소위 임진왜란이라고 부르는 전쟁에서 솔선하여 왕사王事에 진력한 것으로 유명한 사람이다. 이후 300여 년의 시간을 거쳐 현재의 법사는 서산대사 이후 14대째에 해당하는 박보봉朴普峰이라는 사람이다. 선대는 보운普雲이라는 사람이었다. 묘향산 향천강을 따라 약 1리 반을 이동하니 보현사에 이른다. 강기슭에 즈음하여 계문溪門[12]이 있으니 이것이 곧 천왕문으로, 양쪽에 금강신이 안치되어 있다. 조계문曹溪門에서 따로 관서총림과정문關西叢林科正門이라는 현판이 달린 문으로 들어가니 양쪽에 청허당淸虛堂, 즉 서산의 비명碑名 및 고려국高麗國 평양도平壤道 연산부延山府 묘향산 안산사安山寺 석종지

---

9) 자기 마음의 본성을 관조하는 수행. 관심(觀心)이라고도 한다.
10) 고승의 죽음을 일컫는 말.
11) 법통을 이어받는 후계자.
12) 절의 정문. 산문(山門)이라고도 부른다.

비石鐘之碑와 묘향산 사적비 등이 있고, 거기서부터 앞쪽으로 조금 더 가면 해탈문解脫門에 이른다. 문으로 들어가면 왼쪽에는 흰 코끼리에 올라탄 보현상普賢像이, 오른쪽에는 사자에 올라탄 문주상文珠像이 안치되어 있다. 해탈문을 빠져나가면 정면에 천왕문이 있고, 그 안에 사천왕 대화상大畵像이 안치되어 있다. 천왕문을 나오면 정면에 만세루가 있고, 문과 누각 사이에 원말元末 제작되었다는 고탑古塔이 있다. 만세루 뒤쪽에 있는 것은 대웅전으로, 그 구조가 몹시 웅대하다. 대웅전 안에는 석가모니여래상이 안치되어 있다. 대웅전 앞과 만세루 사이에는 또 14층의 고탑이 안치되어 있다. 절의 기록에 따르면 '근대불교점쇠진위훼괴백불존일近代佛敎漸衰盡爲毁壞百不存—13)'이라고 하니, 현존하는 건축물로 본 사원에 속하는 것은 보현사, 대웅전, 명부전冥府殿, 수월당水月堂, 명월明月堂, 동림헌東林軒, 심검당尋劒堂, 진상당眞常堂, 만수각萬壽閣, 관음전觀音殿, 영산전靈山殿, 대장전大藏殿, 극락전極樂殿, 수충사酬忠祠, 해장원海藏院 등이 있다. 사리각舍利閣은 다이쇼大正 4년에 일어난 수해로 유실되었고, 저 유명한 서산서원西山書院은 수해 때 토사 및 자갈이 사원으로 유입·퇴적되어 당장이라도 무너질 것 같은 상태였다. 그밖에 산내 말사末寺14)에 안심사 상원암上院庵, 시성전視聖殿, 법왕대法王臺, 불영대佛影臺, 보발암寶鉢庵 등 4대臺 16암庵이 있다. 그밖에 평북

---

13) '근대 불교가 점차 쇠퇴하여 다 무너지니 백 중에 하나도 남지 않았다'는 의미.
14) 본사(本寺)의 관리를 받는 작은 절. 또는 본사에서 갈라져 나온 절.

안팎으로 또한 64개의 말사를 갖고 있다고 한다.

보현사에서 향천강을 약 반 리 거슬러 올라간 뒤 왼쪽으로 향천강과 만나는 무명천을 따라 또 반 리 정도 다시 내려갔다. 다시 오른쪽으로 방향을 바꿔 왼쪽 바로 아래로 계곡을 내려다보면서 급경사면의 가시덤불 사이를 가르며 올라가길 반 리 이상, 동쪽 전방에 병풍처럼 나란히 우뚝 솟은 대암석 아래에 도달한다. 여기서부터 또 나뭇가지에 몸을 기대어 암석을 올라가면 드디어 동굴 앞에 이르게 되는 것이다. 굴은 높이 3간間,[15] 깊이 또한 5간 정도의 자연적인 대암석굴로, 지금은 앞쪽에 딱히 입구라고 할 만한 것도 없이 서쪽을 향해 활짝 열려 있다. 이것이 바로 그 유명한 단군굴이다.

보현사의 기록에 의거하면 단군의 사적은,

옛날 천신 환인이 서자 웅에게 명하여 천부인(풍사, 우사, 운사 혹은 청동검 방울 거울) 세 개를 가지고 무리 3천을 거느리고 태백산 신단수 아래로 내려가게 하여, 이를 신시라 이르고 인간과 인간 세상의 300여 개의 일을 주관하게 하였다.

이때 한 곰이 항상 천신에게 변해서 사람이 되게 해달라고 빌었다. 신이 영묘한 쑥 한 심지와 마늘 스무 개를 주며 말하기를 "이것을 먹고 태양 빛을 보지 않으면, 곧 사람의 몸을 얻

---

15) 길이의 단위, 6척(尺)(약 1.818m).

을 있을 것이다"라고 하니 곰이 이를 먹고 7일 만에 여자의 몸이 되었다. 다시 아이를 갖는 소원을 이루게 해달라고 비니, 신이 잠시 사람으로 변해 (웅녀와) 혼인하고 아들을 잉태하여 낳았다. 이가 단군이다.

또 '태백행'에 말하길, 단군이 멀리 생각하기를 곰을 변화시켜 조화롭고 올바르게 하여, 이것을 동방민족의 표준으로 세웠다. 향로봉 남쪽 기슭에 쪼개진 바위가 있는데, 높이가 40척, 남북으로 3주, 동서로 5주로, 자연스럽게 철당이 만들어지고 그 위에 단목이 무성하였다. 세상에서 전하기를 단군이 신에서 인간으로 강생한 곳으로, 지금은 등천굴이라고 한다. 그 남쪽으로 십리쯤에 단군대가 있다. 단군의 강무처로 전하며, 그 단군대 아래 굴이 있는데, 또 이를 단군굴이라고 부른다.

또 말하길, 동방의 선조들은 처음에 군장이 없고 아홉 종족이 있어서, 풀옷을 입고 나무를 먹으며 여름에는 나무집에 살고 겨울에는 굴집에 살았다. 이에 임금을 세우고, 왕검에 도읍을 세우고, 국호를 조선이라고 하였다. 이때가 요임금 십오 년 무진년 때이다.

昔有天神桓因命庶子雄持天符三印率徒三千降于太白山檀木下謂之神市主人主人間三百餘事時有一熊常祈千神願化爲人神遺靈艾二炷蒜二枚曰食此不見日光便得人形　熊食之七日得女身又祝願有朶神假化爲婚而朶生子是爲檀君

又太白行云檀遙想化熊和正是東方民立極香爐峰南麓有裂岩高四丈南北五時東西三時肘自然爲鐵堂檀古叢其上世傳檀君降生所今云登天窟其南十理許　有檀君臺也傳檀君講武處其臺下有窟又稱檀君窟

又曰東方祖無君長有九種夷草衣木食夏巢冬穴於是立爲君都王儉國號曰
朝鮮時帝堯二十五年戊辰歲也

이 기록들을 종합하여 고찰하면 단군의 아버지 웅은 천신의
서자로, 웅은 아버지 천신의 명에 따라 묘향산 단목檀木 아래 강
림했다. 강림 후 웅은 웅녀와 결혼하여 지금의 소위 등천굴에서
단군을 낳았다. 그 단군이 등천굴에서 조금 떨어진 단군굴에서
성장하여 훗날 동쪽의 아홉 종족의 오랑캐가 그를 맞이하여 그들
의 군장이 되고 수도를 왕검성, 즉 지금의 평양으로 정했다는 것
이다. 그것은 지금으로부터 4,000년 전의 일로, 지나支那는 당시
요堯임금 25년 무진년이었다고 한다.

이 사실을 우리 일본의 신대사神代史[16]와 비교하면, 다소 연대
의 차이는 있지만 우리 내선인의 선조는 구비口碑에 있어 완전히
동일하다는 사실이 증명된다.

천손은 히무카日向의 다카치호高千穗 봉우리에 강림하셨다.[17]

단군의 아버지 웅은 묘향산 정상에 강하降下했다.

또 강림 장소와 강하 장소의 차이는 있지만, 둘 다 산 정상이

---

16) 일본 역사상 진무천황(神武天皇) 이전 시대(신(神)의 시대라고 일컬음)의 역사.
17) 이는 『고사기(古事記)』와 『일본서기(日本書紀)』에 기록된 일본 건국 신화의 내용
으로, '천손강림'이란 일본 신화에서 천손 니니기노미코토(邇邇藝命)가 아마테라
스 오미카미(天照大神)의 명령을 받아 일본을 다스리기 위해 다카아마하라(高天
原)에서 히무카 다카치호 봉우리로 강림한 것을 가리킨다.

었다는 사실은 일치하고 있다. 그리고 우리 야마토大和[18] 종족은 소위 산인山人 종족이다. 환언하면 산이라는 높은 곳에 거주하고 있었던 종족인 것이다. 단군 또한 그러했다. 천신의 아들로 천상에서 강하하여 역시 높은 산 위에 거주했던 산인 종족 즉, 야마토 종족이었던 것은 명백한 사실이다. 이는 단군굴에 올라가 그 석굴의 위치와 모양 등을 고찰하여 그것을 내지에 존재하는 고대 석굴의 그것과 비교해 보면 일견 자명한 이치가 아닐까. 그래서 나는 똑같이 우랄알타이파 언어계통에 속하는 일선日鮮 양 민족의 선조는 완전히 동일하지 않을까 하는 생각을 했던 것이다.

5월 12일 아침 일찍 보현사를 출발하여 월림으로 나온 나는 5리 정도 연도沿道를 걸어 희천에 도착했다. 희천에 들어가려고 청천강에 놓인 긴 다리를 건넌다. 여름철 은어는 이 강의 명물이라고 한다. 다리 바로 앞에 월파정月波亭이 있고, 월파정 마루 밑에는 5월 중순임에도 불구하고 여전히 눈과 얼음 덩어리가 남아 있다. 이 지방의 겨울철 찬바람이 염려되었다. 희천은 희천군청의 소재지로, 거주하는 내지인이 많고 상당히 번화한 곳이다. 개천价川에서 강계에 이르는 56리의 도정 가운데 희천을 지나 전천前川이라는 강이 있다. 큰 부락이 있다고 하는데 멀어서 거기까지는 가지 못하니, 요컨대 희천은 이 가도街道의 중요한 마을 중 하나인 것

---

18) 일본의 다른 이름.

이다. 지세는 일반적으로 산악이 겹겹이 솟아 있고, 백두산계 지
맥支脈에 둘러싸여 있어서 부근에 삼림이 많다. 단목은 이 지방의
산물로(단목은 조선어로 박달나무라고 한다), 대부분 동삼성東三
省19)으로 반출된다. 희천을 떠나 강계로 향했다. 도중에 얼마 지
나지 않아 구현령狗峴嶺 기슭을 건넌다. 구현령은 강계와 희천의
군郡 경계에서 분수령을 이루며 대단히 험준한 모습으로 서 있었
다. 여기서부터 발원하는 청천강은 남쪽을 향해 부지런히 흘러가
고, 독로강禿魯江은 북쪽 강계를 향해 흐르고 있다. 여기서부터 자
동차는 다시 쉬지 않고 이 독로강을 따라 달리는 것이었다. 중간
에 전천에 정차하여 점심을 먹고 다시 강계를 향해 출발했다. 전
천은 4, 5정을 벗어나지 않는 규모의 평범한 마을로, 약간의 상가
商家가 늘어서 있다. 내지인이 사는 집이 5, 6가구, 그중에 목재상
을 경영하는 집이 한 집 있다고 한다. 전천을 출발하여 이동하길
13리, 중간에 강 외에는 딱히 주의를 끌 만한 것도 없었다. 개천
을 출발한 이래, 중간에 묘향산 및 희천에 약 1주일을 체류하며
56리의 산과 강을 답파踏破한 우리는 그 날 오후 3시경 무사히 강
계에 도착했다.

　강계는 지리상 평안북도平安北道 북부 일대의 요지를 차지하고
있으며, 위원渭原, 희천, 후창厚昌, 자성慈城, 만포진滿浦鎭, 장진長津과

---

19) 중화민국 초기에 만주(滿洲)의 봉천(奉天), 길림(吉林), 흑룡강(黑龍江)의 3성(省)을
　　가리키던 말.

같은 곳에 가기 위해서는 모두 이 강계를 중심으로 하여 출발해야 한다. 이 지방에 존재하는 주요 관청은 군청, 경찰서, 우편국을 비롯하여 수비대, 영림지청營林支廳, 도립병원, 종묘지장種苗支場을 들 수 있다. 인구 약 8천, 그중 내지인이 5백 명 정도 거주하고 있고 상업이 활발하여 대단히 번성한 모습을 보이고 있다. 강계에 와서 제일 먼저 눈에 띄었던 것은 강계 선인 가옥의 지붕이 전부 판자 지붕이었다는 것, 그리고 거주하는 선인이 모두 비교적 정직하고 성실하여 내선융화의 결실을 맺고 있었다는 점이었다. 하지만 한 발짝만 외곽으로 나가면 물정소연物情騷然[20]하고 불령단不逞團의 내습에 전전긍긍하는 모습이 다른 사람의 눈에도 가련해 보였다. 불령단의 흉포함은 해가 갈수록 그 정도가 심해져, 지방민은 안심하고 각자의 직업에 종사하며 살지 못하고, 유력자는 차츰 읍내에 있는 기타 안전지대로 철수하는 상황이었다. 작년 한 해 이 지방에서 일어난 사건 중에서 가장 눈에 띄는 사건은 작년 7월 13일 낭림군狼林軍 선인 불령단 소대장 장창헌張昌憲이 동아일보 강계지국장 한경민韓敬旻과 한패가 되어 강계 부근에서 일을 벌이고자 잠입했다가 우리 경찰관에게 발견되어 충돌 및 교전을 벌인 결과, 그 부하 2명과 함께 사살된 일이었다. 그 후 한경민은 일족과 함께 강 건너로 도망가 불령행동에 종사하지만,

---

20) 세상(世上)이 시끄러워 사람의 마음이 안정(安定)을 얻지 못함.

강계에 거주하는 친동생의 권고에 따라 안동현安東縣에 와서 우리 영사관에 귀순을 요청했다는 것이다. 이처럼 강계 근처는 해마다 비적 때문에 몸살을 앓고 있었는데, 내가 강계를 출발하여 더 오지로 진입한 것은 5월 19일로, 그날 비적 23명이 만포진萬浦鎭에서 강계로 나오는 연도 4리에 위치하는 곡하면曲河面을 통과했다는 비보悲報를 접했다. 나는 이 비보를 들으면서 차를 타고 강계를 출발하여 14리의 길을 달려 유화동裕和洞으로 향했다.

강계에서 유화동에 이르는 14리, 여기서부터 동북쪽을 향해 무명하천을 따라 산과 산 사이를 달리길 10리, 직령直領 기슭을 건너게 되었다. 직령은 해발 4,500척尺21)으로 오르막이 3리, 내리막이 3리라고 한다. 산기슭에 다가감에 따라 통나무를 엮어서 직사각형으로 완성한 선인 가옥이 곳곳에 흩어져 있다. 이것은 대단히 원시적인 형태의 것으로, 이른바 화전민의 가옥이다. 그들은 곳곳의 심산유곡에 잠입하여 이와 같은 가옥을 만들고 일가단란一家團欒하게 화전을 경작하는 것이다. 그 화전민의 실상과 행동이 얼마나 국가를 위험하게 만드는지에 대해서는 조만간 다른 페이지에서 다시 서술하겠다.

우리는 산간연도 전후좌우로 그러한 가옥들을 조망하면서 드디어 직령 4,500척의 산중턱에 이르렀다. 그러자 고개는 점점 더

---

21) 길이의 단위. 10치(曲尺는 약 30.3cm, 鯨尺는 약 37.8cm).

험조險阻[22])해지고, 우리는 발 아래로 단애절벽을 내려다보면서 구름 사이를 헤치고 들어갔다. 게다가 산은 위아래 할 것 없이 전부 대삼림으로 전나무, 노송나무, 주목, 단목, 소나무 등의 수목이 빽빽이 자라 있었다. 요컨대 직령은 산 전체가 수목이 울창한 대삼림인 것이다. 이 울창한 대삼림을 헤치며 오르내리다 보니 금세 칠평동七坪洞에 도착했다. 여기에도 산간연도 곳곳에 화전민의 원시적인 가옥이 존재하고 있었다. 칠평동은 면사무소와 주재소 소재지로, 비교적 선인 중에서도 소위 부자인 사람들이 모여 있는 곳이었다. 그래서 이 지방은 전부 불령선인의 습격 대상이 된다고 한다. 우리는 칠평동을 통과하여 2리 남짓 떨어져 있는 동점銅店[23])에 도착했다. 동점은 후지타구미藤田組가 소유한 동산銅山의 소재지로, 3백 년의 역사를 가진 동산이다. 3백 년 동안 채굴을 했는데도 여전히 무한대의 구리를 캐내고 있다고 하는데, 현재 구리 가격의 하락 때문에 잠시 사업을 중지했다고 한다. 연도에서 얼핏 봤을 때 산중턱 즈음에 내부가 시커멓고 입구가 작은 동굴이 존재하고 있었는데, 이는 옛날에 구리를 채굴했던 갱구坑口 유적이라고 한다. 여기서부터 1리 반을 가면 유화동에 도착한다. 자동차가 갈 수 있는 곳은 여기까지이다. 그리고 또 7리, 산과 산 사이를 통과하여 후창으로 향했다. 유화동에서는 비가 와

---

22) 지세가 가파르거나 험하여 막히거나 끊어져 있음.
23) 구리 광산.

서 어쩔 수 없이 이틀 동안 체재했다. 주재소 수석순사 쓰보야마 쇼우에몬坪山正右衛門 군의 신세를 진 뒤 21일 아침 후창에서 불러들인 말을 타고 유화동을 떠났다. 유화동에서는 19일날 곡하면에 나타난 비적 23명이 예년처럼 유화동 서쪽 2리에 해당하는 수절리水節里로(유화동에서 서쪽으로 2리 떨어진 곳에 한 산맥이 있다. 그 산맥을 넘으면 계곡 사이로 흐르는 무명하천에 도달한다. 그 무명하천의 유역이 5리 정도 되고, 그중 2리 정도 사이에 가늘고 길게 강을 따라 존재하는 촌락이 있는데, 무명천은 그 촌락에서 동북쪽으로 흘러 자성강慈城江으로 흘러 들어가는 것이다) 올 게 틀림없다고 하여, 쓰보야마군을 비롯한 소원所員 일동이 대단히 긴장하고 있었다. 그런 가운데 나는 스치는 바람에도 경계를 늦추지 않고 내리는 비를 맞으며 마부와 다 같이 출발했던 것이다.

칠평동에서 유화동에 이르는 일대의 땅은 거의 해발 200척 고원지대에 있어서 5월 중순이 지난 시기에도, 즉 내가 이 지방을 통과했을 때에도 여전히 조금씩 눈이 날리고 있었다. 물어보니 이틀 전부터 어제까지 이 지방에 눈이 내려 산과 들이 순백으로 물들었는데, 양춘오월陽春五月의 양기 때문인지 어제부터 오늘 아침 사이에 전부 사라져 버렸다는 것이다. 유화동을 출발하여 유화천을 따라 나아가길 약 3리, 여기서부터 약간 길을 바꿔 왼쪽 오가산천五佳山川 유역으로 들어가 그 강을 따라 오가산五佳山의 오르막 1리, 내리막 1리를 향했다. 오가천五佳川 유역을 따라 전진하다보니 갑자기 수목이 울창하고 머리 위로 나뭇가지가 교차하는 곳이 적지 않고, 설상가상으로 오가산천 급류의 양쪽 기슭에는 흰 뱀이 꾸불꾸불 몸을 끼워 넣은 것처럼 눈과 얼음이 연속적으로 맞닿아 있었다. 하지만 5월이라는 절기는 양춘오월의 시기임에 틀림없었다. 둘러보니 이 눈과 얼음 속에서 때를 잊지 않은 산철쭉이 양쪽 기슭에 이르는 곳에 일제히 피어 있다. 그밖에 이 지방 일대에는 야생 배나무가 있어, 이 또한 곳곳에 순백의 꽃을 피우고 있었다. 그리고 다시 하늘 높이 솟은 커다란 나무 사이를 통과하여 걸음을 옮기다 보니 드디어 오가산 정상에 도착한다. 그 정상에서 사방을 얼핏 둘러보니 산 위아래 할 것 없이 보이는 곳은 모두 울창한 대삼림이었다. 그 대삼림 속에는 곰, 멧돼지, 늑대, 노루 등이 무수히 서식하고 있다. 작년부터 올해로 이어지는 결빙기에는 이 산에서 곰 55마리, 멧돼지 88마리가 포획되었다고 한다. 그리고 산인삼山人蔘이 이 산의 특산물이라고 하는데, 그것은 연명장수의 묘약으로, 모두 강 건너 지나인들이 매수해 간다고 한다. 산에서 내려오니 길가에 빨갛고 하얀 철쭉과 구엽초(신경쇠약약), 그리고 내지에서 소위 옥잠화라고 불리는 것과 같은 풀, 도라지꽃처럼 보라색 꽃을 피우는 풀 등이 도처에 무리 지어 번식하고 있다. 그 사이를 통과하여 산을 내려오니 또 후창천厚昌川이라는 강과 만날 수 있었다. 우리는 이 강을 따라 후창 읍내로 들어갔다. 후창은 후창군청의 소재지로, 거의 해발 1,500

척의 높이에 자리 잡고 있다고 한다. 산과 산 사이를 흐르는 후
창천을 따라 600여 남짓한 가구가 살고 있는 마을로, 거주하는
내지인이 약 20가구, 인구는 관리를 제외하고 60, 70명에 불과하
다. 그중에서 마쓰이松井, 도미타富田, 하세가와長谷川와 같은 분들은
모두 목재사업에 관여하고 있었다. 그리고 최근 신갈파진新乫坡鎭
에서 온 이와모토 쇼이치岩本正一 씨는 오지제지주식회사王子製紙株式
會社 조선출장소에서 펄프자재를 벌출伐出24)해서 강으로 흘려보내
는 임무를 맡아, 후창천 상류에서 잔뜩 벌목한 가문비나무와 분
비나무를 후창천을 이용하여 후창강구厚昌江口에서 압록강을 향해
뗏목을 만들어 띄워 보내고 있었다. 후창천을 통과하여 강어귀에
이르기까지 곳곳에 이른바 철포언鐵砲堰25)을 만들어 둔 것은 그
때문이었다. 후창은 요컨대 산간벽지로, 기후는 냉랭하고 목재를
벌목하여 내려 보내는 물에는 딱히 이야기할 만한 것도 없어서,
5월 23일 드디어 후창을 출발하여 후창강구로 향했다. 그 사이 4
리, 역시 후창천을 따라 계곡 사이를 돌아 강어귀에 이르렀다. 강
어귀는 죽전리竹田里라고 하여 선인 가옥 외에 주재소와 내지인
벌부筏夫26) 숙소가 2채가량 있었다. 여기서부터는 이제 압록강으
로, 강 건너편은 지나의 임강현臨江縣 육도구六道溝이다. 강을 사이

---

24) 벌채 후 집재된 임목을 임외로 끄집어내는 것.
25) 임업(林業)에서 목재 운반을 위해 사용된 댐.
26) 뗏목에 물건을 실어 나르는 인부.

妙香山普賢寺

묘향산 보현사

洞溝永樂太王の墓

통구 영락대왕의 묘

에 두고 서남 일대 지방에 맞닿은 일대 산맥이 보인다. 그리고 후창강구 서쪽 압록강 상류 5리 남짓한 곳에 있는 회동檜洞 계곡으로 들어가는데, 여기서부터는 저 멀리 북부 연안의 대삼림 지대로 들어가는 것이다. 강어귀에서부터 상류의 신갈파진에 이르는 23리 24정, 하류의 중강진에 이르는 20리 7정, 여기서부터 강을 내려가 중강진에 도착한 나는 계속하여 하류를 향해 나아갔다.

그런데 내가 후창강구에 숙박한 5월 23일 밤 9시경에 어떤 사람이 내 방에 뛰어 들어와 갑자기 램프의 불을 불어서 꺼버렸다. 그 이유를 물었더니 지금 2발의 총성이 들려왔는데 이 소리를 들은 순사가 강기슭에 들이닥쳤다며, 비적의 내습이 틀림없다, 목표가 되면 큰일이라는 것이다. 다음 날 아침에 물어보니 강 건너편에서 지나 순사가 뭔가를 위협하기 위한 공포空砲를 발사했다고 한다.

—『조선 및 만주』 제213호, 1925. 8.

국경기행 2

도가노 아키라(栂野完晃)

5월 24일 오후에 비를 무릅쓰고 후창강구를 출발, 강어귀에서 1리 상류에 있는 압록강 기슭의 오구비伍仇排로 온 나는 벌부 숙소에서 1박을 했다. 그것은 다음날 아침 일찍 뗏목을 타고 강을 내려가기 위한 준비 행위였다. 오구비 강기슭에는 44간 내지 50간의 크기로, 4, 500개의 나무로 엮은 뗏목이 빽빽이 정박 중이고, 숙소에는 3, 40명의 벌부가 숙박하고 있었다.

날이 밝아 25일 새벽, 그 뗏목 중 하나를 타고 강을 내려갔다. 뗏목은 벌부 한 사람에 의해 교묘하게 굽이치는 산간급류 사이를 노 저어 내려가는 것이었다.

대부분의 벌부들은 야마토의 도쓰카와十津川 강과 기타야마가와北山川 강 연안, 미노美濃의 나가라가와長良川 강, 그리고 아와阿波의 요시노가와吉野川 강 연안 등을 근거지로 삼아 그곳에서 연륜을 쌓은 노련한 사람들이었다. 그리고 내지인의 뗏목은 길고 삼각형 모양으로 엮여 있는데, 그 뾰족한 끝 언저리에 키를 설치하여 물의 흐름을 향해 그 끝을 오른쪽 또는 왼쪽으로 적절히 돌려가며 강을 노 저어 내려가는 형태였다. 또 그것을 조종하는 사람은 벌부 딱 한 명이었다. 그에 반해 지나인의 뗏목은 직사각형 모양으로 중앙부에 작은 오두막을 지어 이를 탑승한 벌부의 침실로 쓰고, 뒤쪽에 4자루 또는 5자루, 앞쪽에도 역시 4자루 혹은 5자루의 노를 갖춰 두고 그 노를 저어가며 강을 내려가는 것이다. 그 때문에 지나인의 뗏목에는 대개 벌부와 기타 등등을 합해 13, 14명은 족히 타고 있었다. 설상가상으로 뗏목의 짜임새가 지극히 졸렬하여 도중에 험한 곳을 만나면 파괴되어 침몰하는 경우가 허다했다. 그들은 그때마다 3일이고 4일이고 같은 장소에 체류하면서 오랜 시간을 들여 뗏목을 고친다고 야단법석을 떤 뒤 천신만고 끝에 강을 내려가는 것이었다. 그에 반해 일본인의 뗏목은 설사 조난을 당해 파괴된다고 해도 3, 4시간 혹은 6시간 정도면 멋지게 뗏목을 고쳐서 원래 상태대로 벌부 혼자 조종하여 강을 내려왔다.

이렇게 강을 내려가길 약 7리, 갈전리葛田里 부근에 접어들었다. 갈전리 부근의 양쪽 강기슭은 곳곳에 우뚝 솟은 단애절벽과 맞닿아 있었다. 또 수로의 굴곡이 심하고 그 수로의 굴곡을 따라 급류를 볼 수 있었다. 격류 사이에는 붉은 바위나 군함 바위 같은 괴암怪岩이 가로놓여 있고, 그 괴암과 강기슭으로 돌출된 암석 사이에도 엄청난 급류가 흐르고 있다. 내가 탄 뗏목이 마침 붉은 바위 부근의 격류에 접어들었을 때, 지나인의 뗏목이 그 붉은 바위에 올라가 있고 지나인들은 뗏목을 마구 부수고 있었다. 이를 피하려고 키를 너무 심하게 옆으로 꺾는 바람에 강기슭으로 돌출된 바위와 부딪친 우리 뗏목은 와장창 소리를 내며 뗏목의 3분의 1 정도가 떨어져 나갔다. 그때 나는 갑자기 기울어진 뗏목과 흔들림 때문에 급류 속에 거꾸로 추락할 뻔 했는데, 천우신조로 겨우 이런 재난을 피할 수 있었다. 얼마 지나지 않아 강을 내려가는 프로펠러선이 그 근처를 통과해서 곧장 그 프로펠러선으로 갈아타고 중강진中江鎭을 향해 출발했다.

갈전리는 우뚝 솟은 단애절벽이 맞닿아 있는 곳으로, 세상 사람들은 그 사이 약 1리를 두고 지나의 적벽赤壁에 버금가는 압록강 기슭의 절경이라고 이야기했다. 하지만 나는 이전에 지극히 웅대한 천하의 절경, 금강산의 이만물상裏萬物相을 목격한 적이 있기 때문에 이제 와서 갈전리의 절벽을 목격한 정도로는 그 어떤 감흥도 생겨나지 않았다.

그리고 2리 정도를 내려가니 드디어 금동金洞이다. 금동은 영림청 작업장 소재지로, 다이쇼 14년 5월 1일 0시 7분에 강 건너에서 온 비적의 습격을 받아 작업장 건축물이 전부 불타버렸다. 게다가 그때 중강진에 사는 다루이樽井 씨의 남동생분이 비적의 총탄에 비명횡사했다. 그 금동을 왼쪽 강기슭에 바라보면서, 프로펠러선은 요란한 소리와 함께 가랑비 사이로 물보라를 일으키며 한없이 구불거리는 지극히 험난한 수로를 달려갔다. 오후 4시경, 배가 오른쪽 강기슭 지나의 평원지대에 있는 모아산帽兒山(임강현臨江縣 소재지)의 대시가지를 조망하며 강을 1리 내려가니 얼마 지나지 않아 중강진 강기슭에 상륙했다. 중강진은 꽤 긴 마을로, 도로의 폭이 좁은 마을이었다. 군청은 자성慈城에 있어서(성역城域, 중강진과의 사이 15리) 여기에는 군청이 없지만, 영림지청의 소재지인 만큼 내지인도 많이 거주하고, 강을 오르내리는 선박은 반드시 여기 정박하기 때문에 상당히 번성한 모습이었다. 아마 평북 북부에서 강계를 제외하고 중강진만한 곳은 없을 것이다. 따라서 중강진은 중강진이라는 이름에 걸맞게, 앞으로 강안江岸 발전의 중심지로서 대단히 번성할 것이다. 그리고 중강진은 다른 지방과는 달리 기운이 화목하고, 마쓰모토松本 씨를 비롯한 꽤 대단한 사람들도 와 있었다. 그중 유아사 다메쓰구湯淺爲次 씨 같은 경우는 중강진에 거주한지 20년에 이른다. 다메쓰구 씨는 처음에 러일전쟁쯤 따라 이곳에 온 사람으로, 사람 됨됨이가 대단히 의롭고 지사志士와 교류 맺기를 즐기며 국경 발전에 비약을 시도한 사람이었다. 중강진 남쪽 3리에 즈음하여 산꼭대기에 평평한, 일견 토성土城처럼 보이기도 하는 한 산맥이 보인다. 그 산 위의 평원은 남북 약 7리, 동서 약 반 리에 걸친 평원으로, 지금은 많은 선인들이 그곳으로 이주하여 곳곳에 부락을 만들고 열심히 콩을 재배하고 있었다. 그 산꼭대기의 평원을 오수덕烏首德이라고 부른다. 그 오수덕에서 동북쪽을 조망하면 백두산을 관망할 수 있다. 그리고 오수덕 산꼭대기에는 석비가 하나 남아 있는데, 그 비면이 이미 풍화돼서 도무지 읽을 수가 없었다. 따라서 오수덕의 옛시절이 어떠했는지 전혀 알 수 없는 것이다.

그리고 중강진 연안을 따라 상류로 반 리를 가면 세관 출장소가 있다. 그리고 강 건너 지나로 건너가 또 상류 쪽으로 반 리를 가면 모아산이라는 큰 마을이 있다. 임강현의 소재지로, 거창한 고루高樓와 집들이 즐비하고 지극히 상업이 번성한 곳이긴 하지만, 역시 지나인의 거리답게 도로 중앙에는 진흙이 쌓여 있어 마차는 지나갈 수가 없다. 그저 간신히 길거리 양쪽을 통행하는 것만 가능할 뿐, 그 도로를 가로질러 건너가는 일조차 곤란했다. 그리고 모아산 마을 입구에는 북쪽에서 내려와 압록강으로 흘러들어가는 상당히 큰 강이 있는데, 그 강에 걸린 교량이 중앙에서부터 꺾여 있어도 지나 관헌은 전혀 그것을 고치려고 하지 않았다. 게다가 그 교량은 하류 방면에서 오는 인마人馬의 통행에 있어 지극히 중요한 지점에 해당하는 게 아닌가. 그것을 보고도 못 본 척을 하며 방치하고 있는 이 일대야말로, 지나 관헌의 지나 관헌다운 소이所以를 유감없이 드러내는 곳이라고 해야 할 것이다.

중강진으로 돌아오는 길에 채목공사 모아산 분국에 들렀다.

중강진은 안동현에서부터 수로 125리.

그리고 기온은 동절기 중 가장 추웠을 때 영도 이하 41도 6부, 하절기 최고 기온이 38도에 이른 적이 있다. 요컨대 중강진의 동절기는 가라후토樺太[27] 남부보다도 훨씬 춥다는 이야기이다.

5월 30일 아침 일찍 다시 프로펠러선을 타고 중강진을 떠나 문흥文興, 즉 만포진萬浦鎭으로 향했다. 중간에 아무 일 없이 오후 2시 반경 배는 만포진에 도착했다. 선상에서 연안을 조망하니 부두 왼쪽에, 즉 약간 상류 연안에 세검정洗劍亭이라는 곳이 보인다. 이 세검정은 강기슭에 높이 솟은 암석 위에 건설된 것으로 그 바위의 높이가 약 100척이나 된다. 잘은 모르지만 이 세검정은 옛날에 조선의 장군이 지나인과 전투를 벌였을 때, 결국 쌍방의 이해 아래 이 세검정 위에서 칼을 씻고 화해했다는 오랜 역사를 갖고 있다고 한다.

나는 사정이 있어 이 만포진 연안을 선상에서 조망했을 뿐 상륙하지 못 하고 곧장 위원渭原으로 향했다. 만포진은 오른쪽 산그늘에 숨어 있어서 부두에서는 마을을 조망할 수가 없었다.

만포진을 출발하여 2리 정도 강을 내려오니 벌등진伐登鎭이라는 곳을 통과하게 되었다. 그 건너편이 곧 지나의 통구通溝로, 집안현輯安縣의 소재지이다. 선상에서 봤을 때 집안현은 지나의 일류 성벽에 둘러싸인 당당한 모습이었다. 직사각형의 성곽 안에 존재하

---

27) 사할린.

기 때문에 선상에서는 오로지 그 성곽을 조망할 뿐, 내부의 번성한 모습은 전혀 알 길이 없었지만, 이 통구 부근은 옛 고구려高句麗의 도읍, 즉 환도丸都[28])의 유적이다. 그래서 이 통구 앞쪽에는 유명한 고구려의 호태왕好太王, 즉 영락대왕永樂大王의 석비가 있고, 뒤쪽에는(하류를 향해) 영락대왕의 능묘가 있다. 이하 비문의 전문은 아래와 같다.

본디 고구려는 북방의 부여족扶餘族을 일컫는 말로, 지금의 장춘 길림長春吉林에서 하얼빈哈爾濱 방면에 걸쳐 퍼져 있던 종족이었을 때, 부여왕의 아들 주몽朱蒙(훗날 동명성왕東明聖王)이 다른 왕자 형제의 박해를 피해 달아나 졸본卒本에 도읍을 세웠다(내 생각에 졸본은 지금의 개원開原 부근이다). 거기서부터 자손이 잇따라 남하하여 11대 동천왕 때는 그 거성居城인 환도, 즉 지금의 통구 땅으로 위나라가 공격을 해 왔다(이때 지나는 후한 말 삼국정립三國鼎立[29]) 시대였다). 동천왕은 결국 환도에 도읍을 둘 수 없음을 깨닫고 평양으로 도읍을 옮겼다. 통구는 즉 그 당시 고구려 왕도의 유적이다.

내가 선상에서 조망한 바에 의하면 그 부근에는 도처에 방대한 형태를 가진 능묘처럼 보이는 고분이 다수 존재하고 있었다. 그리고 만포진 상류 약 3리에 있는 문악리文嶽里 및 만포진과 위원

---

28) 평양으로 도읍을 옮기기 전 고구려의 도읍지, 압록강 중류 서안에 위치.
29) 위촉오 시대.

사이의 강계강구(독로강禿魯江이 흘러가는 곳)에서 2리 하류에 있는 위원 가까이에 밀산면密山面 사장리舍長里라는 곳이 있다. 거기에도 마찬가지로 길이 4척 정도의 직사각형 마름돌로 쌓아올린 방대한 고분이 다수 존재하고 있는 것이다. 그것들은 모두 고구려 시대의 것이라고 한다. 그밖에 오늘날 당장唐葬이라고 불리는 고분이 강안 도처에 존재하고 있다. 그곳은 초산楚山의 대안으로, 집안현과 관순현寬旬縣 사이에 혼하渾河라는 강이 있는데 그 강의 연안에 가장 많다고 한다. 그것들 역시 고구려 시대의 것으로 추정되고 있다.

만포진에서 위원에 이르는 수로 14리, 배는 금세 위원 부두에 도착했다.

오늘날의 위원은 위원 고읍古邑으로 불리는데, 지난 날 위원군의 소재지였다. 하지만 그 소재지가 1리 안쪽 읍내로 옮긴 후 오랜 세월이 흘렀는데, 작년에 새롭게 군청, 경찰서 등이 일제히 부두인 위원 고읍으로 옮기면서 지금은 옛 모습 그대로 다시 위원 고읍이 군의 중심지대가 되었다.

부근 강안에는(약간 하류 쪽에 즈음하여) 안동현 채목공사 검사소가 있어서 많은 뗏목이 강안에 들어와 있었고, 많은 벌부들이 상륙하여 요리점(내지인 요리점이 4군데 있는데, 이들은 유객꾼 지상주의, 매춘부 만능주의를 유감없이 발휘하고 있었다)과 한 채밖에 없는 벌부 숙소는 대단히 북적이고 있었다.

위원 경찰서장 후지나카 후쿠타로藤中福太郎라는 내지인은 아오모리현青森縣 히로사키弘前 출신으로, 대단한 정력가이면서 남들보다 앞서 강안의 경비에 전력을 경주하고 있는 사람이다. 이때는 마침 초산 관내 판면板面에서 습격 사건이 있었던 때로, 이를 격멸하고자 위원서에서는 호리이堀井 경부보를 대장으로 하여 20명의 경관대警官隊가 초산 관내를 향해 응원 겸 출동을 감행했던 시기였다.

나는 위원의 선인 여관에서 2박을 하고 마침 강을 지나가는 지나인 뗏목에 올라타 초산으로 향했다. 위원 고읍에서 초산 부두 신도장新島場까지는 수로로 약 9리 정도 된다. 위원 부두에서 4리 정도 내려오자 거기에 관문납자關門拉子라는 곳이 있었다. 그 이름은 실제 지형이 관문처럼 만들어져 있기 때문에 붙은 것이다. 대안과 대안에 비스듬히 마주보는 바위기둥이 서 있고, 선지鮮地 쪽 연안은 상류를 향해, 강 건너 지나 쪽 연안은 하류를 향해 우뚝 솟은 병풍 같은 암벽이 연접해 있다. 관문납자는 예로부터 요충지로 불리고 있었다.

그런데 이번 초산 관내 판면을 습격한 비적단은 5월 18일 오후 3시에 큰 비바람이 불어오는 틈을 노려 이 관문납자에서 강을 건너 선내지鮮內地로 침입한 것으로, 그 수가 30명이었다. 그들은 선내지로 침입한 이래 며칠 동안 헤쳐 모이기를 반복하며 천변만화의 상태로 초산 관내를 휩쓸고 다니다 결국 이번 판면 사건을 일으킨 것이었다.

5월 18일 한밤중에 이 30명의 일단을 넘겨준 자는 관문납자 마을에 사는 이문하李文河라는 사람으로, 일인 당 5량兩이라는 거액의 뱃삯을 받고 총 35인 150량, 무려 일본은화로 150원을 받아 챙긴 후 그 30명의 사람들을 두 번에 걸쳐 강을 건너게 했다고 한다.

그 관문납자를 통과하여 금세 강 건너 지나의 유수림자楡樹林子 강어귀를 오른쪽 강기슭에 조망하는 지점에 이르렀다. 거기서부터 강을 내려가길 또 2리, 덕수천자德水泉子에 도착했다. 그 덕수천자의 대안이 바로 우리 신도장으로, 초산으로 가는 입구이다.

그런데 이날 중간에 통과한 유수림자 강구는 유수림자강楡樹林子河의 하구河口로, 거기서부터 강구를 거슬러 올라가길 약 3리, 유수림자 마을에 도착했다. 유수림자 마을은 유명한 조선마적의 집합지로 알려져 있으며, 어떤 면에서는 비적의 책원지로 주목받는 곳이다.

나는 지나 뗏목을 타고 신도장에 도착한 후 이동하길 1리, 초산강을 따라 금세 초산 읍내에 도착했다. 도착해 보니 초산 읍내 및 그 부근은 의외로 평온무사한 곳이었다.

그보다 이전인 5월 28일 밤 9시경 화공火攻 사건이 일어난 판면이라는 곳 역시 초산서 관내로, 초산의 남쪽에 해당한다. 초산에서 18리 정도 가면 도착하는 한 산간부락으로, 신의주의 요코이橫

씨가 경영하는 벌목장의 소재지이다. 이 화공 사건으로 주재소 및 면사무소가 불타버린 데다가 벌목장 기사技師 니시바야시 야스타로西林安太郎 씨는 즉사하고 요시타니 다카토시吉谷孝利 씨는 부상을 입었다. 그 밖에 술집의 선인 여성 2명도 사살되었다. 그때 경찰관 쪽에서는 힘으로 대항하지 않고 숲 속으로 도망간 모습을 보이지 않았다니 이게 도대체 어찌 된 일이란 말인가. 훗날 사카모토坂本 초산서장이 조사를 위해 출장을 왔을 때, 화공 사건 당시 무방비 상태로, 그것도 잠옷 바람으로 모습을 감췄을 뿐만 아니라 목숨 같은 총기를 버리고 달아나는 바람에 결국 비적들이 그 총기를 불태우게 만든 내지인 순사 1명, 선인 순사 1명은 즉시 자리에서 물러나 추방당하는 쓰라린 경험을 하지 않을 수 없었다고 한다. 이는 능히 그럴 만하다고 해야 할 것이다.

이때 판면을 습격한 비적들은 마음껏 승리를 만끽하며 의기양양하게 희천 방면 산중으로 물러갔다. 그때 부락민들은 만세를 연호하며 전승자에 대한 예를 갖춰 이 비적 일단을 배웅했다고 한다. 무릇 이 사건이 일어난 발단은 올 봄, 즉 다이쇼 14년 2월 26일 아침 강 건너 혼하 강구 상류 약 6리에 있는 고마령古馬嶺에 근거지를 둔 비적의 대부대가 갑자기 내습하여 강을 건너 강구의 대안에 있는 연담蓮潭 주재소를 습격하려고 했던 것이었다. 이를 알아챈 연담 주재소장 경부보警部補 미즈노 다쿠사부로水野宅三郎[30] 씨는 기회를 놓치면 안 된다는 생각에 초산서 대원의 응원을 받아 전원 62명을 둘로 나누어 강 위아래에 매복시키고, 습격해온 비적들을 요격하여 42명을 사살하고 비적의 후발대를 패주敗走시켰던 것이다. 이때 전원을 이끌고 전투에 출동하여 적을 격추한 자가 서장 사카모토 우시사부로坂本丑三郎인 것처럼 잘못 알고 있는 경우도 있는데, 그것은 완전히 오보이다. 이 비적과의 전투에서 전원을 지휘하여 그 조치를 실수 없이 선전하고 적의 대부분을 사살한 뒤 그 후발대를 패주시켰을 뿐만 아니라 아군 쪽에서 부상자를 한 사람도 내지 않은 용사는 바로 연담주재소장 경부보 미즈노 다쿠사부로(아이치愛知현 출신) 씨였다고 한다.

연담은 초산 서쪽 3리 강안에 있고, 그 건너편은 바로 혼하 강 구의 양목림자楊木林子이다.

판면의 화공 사건은 즉 이 전투의 복수전이라고 한다.

그렇다고 해도 정정당당하게 진을 치고 대항하지 못하고, 기껏 산속의 일개 주재소 정도를 습격하여 이를 물리치고 만세를 부르며 물러간 그들의 근성은 어디까지나 선인 마적답다고 해야 할 것이다.

초산 읍내는 신도장에서 초산천을 따라 1리를 거슬러간 지점에 있으며 군청, 경찰서와 도립의원의 소재지로, 면내 거주하는 내지인은 300명 정도라고 한다. 신도장에는 세관 출장소가 있다.

---

30) 다른 기록에는 미즈노 호자부로(水野寶三郎)로 표기되어 있다.

다음날 6월 6일 아침 일찍 다카세부네高瀨舟31)를 타고 신도장을 출발했다. 도중 나는 북쪽 강 건너로 소청구小靑溝 거리(대안 부근의 물자 집산지로 알려진 곳)를 바라보며 벽동碧潼에 도착했다. 그사이 수로 15리이다.

벽동은 벽동천 강어귀에 있으며 벽동군청의 소재지이지만, 토지의 형세가 심히 부진하여 관헌을 제외하고 거주하는 내지인은 고작 3가구, 6, 7인에 불과하다.

벽동의 대안 일대를 추과벽秋果碧이라고 부른다.

10월 9일 벽동을 출발하여 다시 수로를 이용해 창성으로 향한다. 강을 3리 내려가니 벽담碧潭에 도착했다. 그 강 건너편을 대황구大荒溝라고 부른다. 지나인이 거주하는 굉장한 가옥을 조망하며 또 강을 내려가길 3리, 대길리大吉里에 도착했다. 대길리는 유벌계소流筏繫所의 소재지로 무수한 뗏목들이 계류하며 경찰관 주재소의 소재지이다. 대길리에서 창성에 이르는 도정 6리, 신의주에서 오는 자동차는 여기가 끝이다. 하지만 자동차가 통행할 수 있는 실제 도로는 대길 창성의 중간에 해당하는 사창리私倉里까지로, 대길리에 도착한 이후부터 3리는 무리해서 자동차를 운전해 가고 있는 것이다. 대길리에서부터는 옛 산간도로가 있긴 하지만, 그 길은 거의 말이 안 될 정도로 상태가 좋지 않은 도로이다. 그 때문

---

31) 얕은 여울에서도 저을 수 있는 운두가 낮고 밑이 평평한 너벅선.

에 통행인은 일반적으로 강기슭의 산언저리를 통해 가도록 되어 있다. 우편물 같은 것도 말에 싣고, 때로는 말 서너 마리를 간신히 데리고 강기슭의 암벽을 따라 물을 건넌다. 건넌 후에는 또 강기슭의 모래밭을 한참 걸어서 다시 물을 건넌다. 이렇게 강안 육상江岸陸上 여행을 계속하는 것인데, 이 불편한 도로 사정을 개선하고자 드디어 내년 봄부터 공사에 착수한다고 한다.

그리고 대길리의 대안은 백채지白菜地라고 하는데, 백채지에는 순무덕順懋德이라는 지나인 거상의 분점이 있어서, 그 분점 건축물을 강 건너편에서 조망하니 이는 마치 성새城塞처럼 보였다. 그 분점이 작년 10월 15일에는 부근을 배회하던 마적 두목 당안복唐安福의 화공을 받아 건축물 일부가 불탔다고 하는데, 아직 그대로 남아 있었다. 그 순무덕의 주소는 거기서부터 또 2리 정도 하류에 있는 소포석하小浦石河로, 30만 원 정도를 가진 재산가라고 한다.

그날 밤은 대길리에서 1박을 하고 다음날 아침 일찍 다시 다카세부네를 타고 대길리를 출발한 나는 정오를 지나 창성 강기슭에 도착했다.

창성 부근까지 오니 강안도 단애절벽에서 꽤 멀어지면서 강기슭은 차츰 평원지대로 변해 가고 있었다.

창성의 군주郡主 남작 장인원張寅源은 병합 전 아버지 장박張博 씨와 함께 오랫동안 일본에 망명해 있던 사람으로, 나이는 50세 남짓, 호걸 기질을 가진 사람이었다. 창성에서는 그 밖에 특별히 내세워 말할 일도 없이 이틀을 체류하고, 자동차로 창성을 출발하여 중간에 연평령延坪嶺을 넘어 삭주朔州에 도착했다. 그 사이 약 7리이다.

삭주도 역시 군청 소재지이긴 하지만 일개 산간벽지로, 거주하는 내지인이 관헌을 제외하고 8, 9가구에 불과했다.

원래 삭주는 부근에 금광맥이 지나간다고 해서 유명한 곳인데, 지금은 그 부근에 존재하는 모든 금갱金坑이 거의 휴갱 상태로, 삭주는 점점 더 벽지가 될 수밖에 없어 보였다.

그리고 삭주에서 남쪽으로 2리, 정주가도定州街道를 따라간 곳에 온천이 하나 있다. 이곳은 삭주군 삭주면 온풍동溫豊洞이라고 하여 그야말로 정주가도의 길가이다. 이 온천은 단순토류탄산천單純土類炭酸泉에 속하고 온도는 화씨 109에서 120에 이르며 관절, 류마티즘, 관능성신경병官能性神經病, 그밖에 여러 병의 회복에 효능이 있다고 한다. 그러나 오늘날 이곳은 그저 온천이 있다는 말만 있을 뿐, 유감스럽게도 아직 어떠한 설비도 없었다.

삭주에서부터 청성진淸城鎭에 이르는 여정 8리, 도중 판막령板幕嶺을 넘어 청성진에 도착했다. 청성진은 강안의 한 소읍으로 강을 오르내리는 모든 배가 정박하는 곳이다. 그리고 판막령이라는 곳은 분수령으로, 삭주천과 청성천 발원지의 분기점이다.

청성진의 강 건너편 지나 지방은 장구하구長句河口라고 하여 구관區官이 주재하고 있는 곳이다. 그 구관의 세력은 대단히 커서 사법사무는 물론 모든 행정사무까지도 척척 해내고 있었다. 그밖에 수상경찰서도 있어서 다소 번화한 마을이었다.

그리고 청성진 상류 2리에 유명한 노토탄老兎灘 격류가 있다. 그 수세는 실로 엄청나다. 그 강 건너편 지나 일대를 대구台溝라고 하고, 격류가 존재하는 부분을 따라 자리 잡은 강안의 명칭을 외대마자外對馬子라고는 하는데, 만철滿鐵이 이 격류를 수력전기의 작업 기점으로 삼고 싶다고 하여 목하 조사 중이다. 그 조사에는 약 2년이 필요하다고 한다.

청성진에서 강을 내려가 신의주에 도착하기까지는 드디어 하루가 남았다. 나는 아침 일찍 청성진에서 배를 타고 오후 3시경 저 멀리 왼쪽 강기슭 구의주舊義州의 산 위로 유명한 통군정統軍停을 바라보면서 이동했다. 배는 금세 강 건너 지나의 마시태馬市台(마시태는 오래 전 몽고인과 조선인이 강안에서 말 매매를 한 곳이라고 한다. 그 당시에는 이 일대에 양안을 잇는 교량이 걸려 있었다고 한다)를 통과하여 그날 밤 8시경 신의주 세관잔교稅關棧橋에 무사히 도착했다.

—『조선 및 만주』 제214호. 1925. 9.

국경기행 3

도가노 아키라(栂野晃完)

　경성의 대수난大水難 후 두 번째 국경여행을 기획한 나는 백두산 등정을 목표로 7월 29일 가장 먼저 경성을 출발하여 원산元山, 함흥咸興을 통과한 후 북청北靑에 도착했다.

　31일 아침 우리는 자동차로 북청 읍내를 출발하여 북청천北靑川을 따라 계속 북으로 이동했다. 10리를 달려가 직동直洞이라는 후치령厚峙嶺 기슭의 한 마을에 도착했다. 그곳은 산기슭의 역참이다. 여기서부터 자동차는 드디어 해발 5,000척의 후치령에 오르는 것이다. 자동차는 지그재그식 도로를 따라 오른쪽 왼쪽을 오가며 고개를 넘어 계속해서 위로 올라갔다. 산 중턱에 이르러 발아래를 내려다보니, 수없이 많은 도로가 마치 긴 뱀들이 나란히 구불거리며 끝없이 아래로 내려가는 것처럼 보인다. 그렇게 산을 올라가면서 연도 부근을 조망하니 눈에 보이는 고개란 고개는 전부 민둥산이다. 계곡에 조금씩 무리지어 자라난 수목은 전부 풍

수楓樹로, 이것이 바로 조선인이 말하는 소위 단풍이었다. 부근에 산재한 화전민의 주옥住屋은 통나무를 사용해 사방을 직사각형으로 짜 맞춘 후 그 통나무 사이사이에 벽토壁土를 채운 것이었다. 지붕은 전부 판자로 엮었는데, 강계 이북의 것과 비교하면 지붕 판자는 지극히 얇은 것을 사용하고 있었다. 그리고 그 위에 무수한 돌멩이를 올려놓았다. 그러고 보니 이 산중은 끊임없이 폭풍우에 시달리고 있어서, 그 폭풍우로 인해 지붕 판자가 뒤집히는 일도 결코 드물지 않으리라는 것을 상상할 수 있었다.

드디어 우리는 이렇게 해발 5,000척, 오르막 4리의 험준한 산을 끝까지 올랐다. 그러자 여기서부터는 약간 내리막길이다. 그 내리막길의 경사면을 또 23리 정도 달려서 내중리內中里라는 곳에 도착했다. 내중리 역시 이 산의 역참으로, 장이 서기 때문에 끊임없이 선인들이 집합하는 곳이었다. 내중리를 통과하여 앞으로 조금 더 돌진하면 내지인이 말하는 소위 삼리평지로, 사방이 탁 트인 약 3리의 초원이 가로지르고 있었다. 나는 이 초원을 목장으로 만들어 사용하면 실로 멋진 목장이 될 것이라고 상상했다. 그리고 이 풀이 우거진 평원 안에는 곳곳에 한대식물인 '사슴딸기'가 미처 다 자라지도 못한 모습으로 여기저기에 조금씩 군생群生하고 있었다. 그 사이에는 봄풀인 제비꽃, 민들레, 자운영을 비롯하여, 약간의 물기를 머금은 질척한 곳에는 지금이 한창인 제비붓꽃이 알록달록한 꽃을 피운 채 군생·번식하며 아름다움을 겨

루고 있다. 또 다른 쪽을 바라보니 이번에는 도라지와 여랑화女郎
花, 참억새와 같은 가을풀이 곳곳에 흐드러지게 피어 있다. 그밖
에도 이름도 모르는 고산식물이 무성하고 이 또한 꽃이 만발한
상태였다. 요컨대 이 고원지대에는 봄도 없거니와 가을도 없고,
일 년 중 오로지 이 시기에만 모든 꽃이 흐드러지게 핀다는 것이
었다. 그리고 9월말경이 되면 이 고원지대는 어느새 온통 서리로
뒤덮인 세계로 변신하고, 편편히 낙엽이 지면서 적막한 풍경으로
진일보하는 것이다.

그리고 이 고원지대는 유명한 '들쭉'(세간에서 이 식물을 항상
'철쭉'이라고 입버릇처럼 말하지만, 토착민들에 의하면 사실 '들
쭉'이 맞다고 한다)의 산지로, 그 산출액은 연간 약 350석石[32])에
달한다고 한다. 이 초원 사이를 통과하여 나아가길 약 8리, 도중
에 황수원黃水院을 통과하여 풍산豊山 읍내에 도착했다. 그 사이 연
도 곳곳에 하얗고 작은 꽃이 피어 있었다. 감자와 귀리가 무한히
재배되고 있는 것이다.

그리고 내가 이 지방을 통과한 것은 8월 1일이었다. 그런데 8
월 1일 저녁이 되자 어느새 가을 분위기가 넘치기 시작하여, 아
직 서산에 해도 지지 않았는데 오후 5시가 지나자 이미 혹독한
추위가 몸에 스며들기 시작하여 '호천팔월즉비설胡天八月卽飛雪'[33])

---

32) 무게를 다는 단위의 이름(1석은 120근, 약 72kg).
33) '북방 오랑캐 땅은 8월에도 눈이 내린다'는 의미로 중국 당나라 때의 시인 잠참

속 쓸쓸한 호지胡地34)의 가을을 상상하지 않을 수 없었다. 그리고 나서는 호적胡賊이라 불린 발해渤海, 거란契丹, 여진女眞의 옛날도 아울러 상상하지 않을 수 없었다.

보산寶山은 군청, 경찰서, 우편국, 금융조합 등의 소재지이다. 그 거주자의 대부분은 내지인으로, 비교적 미려한 마을이었다. 하지만 군수의 말에 따르면 이 보산은 해발 약 3,795척의 고원지대에 있어서 7월 중순경까지는 항상 군청 청사 안에 파 놓은 우물이 얼어 있다고 한다.

그리고 이 지대는 고산지대인 만큼 기상에 관한 흥미로운 이야기가 있다. 그것은 같은 보산군청 관내에서 수해水害와 한해旱害가 일시에 오는 일이 드물지 않다는 것이다. 즉, 이쪽 계곡이 수해 때문에 떠내려가 대단히 힘들어 하고 있는데, 작은 산을 사이에 둔 저쪽 계곡에서는 계속되는 가뭄에 물이 없어 작물이 다 말라 죽는다는 식의 일이 조금도 드물지 않다는 것이다.

그리고 또 이 부근 연도에서 1, 2리 또는 2, 3리 안으로 들어가면 대삼림 지대가 펼쳐지는데, 그 안에는 호랑이, 표범, 곰, 멧돼지 등이 무수히 서식하고 있다. 그래서 현지인의 이야기로는 송아지나 새끼 돼지가 그 맹수들에게 해를 입는 일이 결코 드물지 않다고 한다.

(쑹參)이 쓴 '백설의 노래' 첫머리.
34) 오랑캐가 사는 땅. 흔히 중국 동북 지방을 일컫는다.

나는 보산을 출발한 지 약 2리, 응덕령鷹德嶺 위에 도착했다(이 응덕령 연봉連峰에는 곳곳에 고산식물인 거대한 녹나무가 무성하게 자라고 있다). 그리고 응덕령을 내려와 달려가길 약 3리, 웅이강熊耳江을 건너 연수리困水里에 도착했다. 금세 연수리를 통과하여 다시 2리를 이동하니 상리上里에 도착했다. 상리는 갑산甲山과 중평장中坪場의 분기점으로, 이 통로의 중요한 역참 중 하나이자 경찰서 주재소 및 삼림보호구의 보호원 주재소 소재지이다. 여기서 오른쪽으로 가면 도정 약 6리인 갑산에 이르고, 왼쪽으로 가면 어은령於隱嶺 기슭을 넘어 중평장에 이른다. 도정 약 7리라는 중평장은 삼수三水 군청의 소재지이다.

나는 여기서부터 오른쪽으로 길을 꺾어 도정 7리, 바야흐로 갑산 읍내에 들어가려고 하는 것이다.

상리에서부터 약 2리, 도중에 유하리楡下里를 통과하여 허천강虛川江 강기슭의 장평리長坪里로 나왔다. 강을 건너면 대안 산 아래에 부락 하나가 보이고, 이를 억년리億年里라고 한다. 억년리를 통과하여 나아가길 약 1리, 자동차는 금세 갑산 읍내로 들어갔다.

이 근처 일대는 대체로 가뭄 때문에 작년의 경우 주민의 상식물常食物인 귀리가 평년 대비 4, 5할 감소하고, 올해는 작년의 배에 약간 못 미치게 수확량이 줄어, 군은 일반주민의 구제에 전력을 기울이고 있었다.

갑산은 갑산 동남쪽에 우뚝 솟아 있는 장평산長平山 기슭에 위치하고 있다. 그 장평산 꼭대기에는 옛날 여진족의 성터가 존재하고 있어서 지금도 성벽의 폐지廢址35)가 산 위아래에 남아 있다. 갑산은 갑산군청의 소재지로 거주하는 내지인이 남녀 합쳐 약 150명. 병합 전에는 갑산부가 있어서 부리府吏36)의 지배에 속하는 곳이었다.

나는 갑산의 쓰루야鶴屋 여관에서 1박한 후 동점, 즉 갑산광산을 방문하기 위해 출발했다.

동점, 즉 갑산광산은 갑산 동쪽 약 6리, 해발 4,840척의 고원지대에 위치한다. 그 동점의 동쪽에 우뚝 솟은 한 높은 산을 동점령銅店嶺이라고 하는데, 해발 약 6,200척에 이른다고 한다. 그 동점령 중턱에서 송수관을 통해(그 송수관의 길이는 약 1,000간이라고 한다) 일사천리의 기세로 동점리를 향해 흘러내려 온다. 물은 청려무비淸麗無比하고, 그 물의 온도는 일 년 내내 항상 섭씨 5도 내외로 지극히 차갑지만 결코 결빙되는 일은 없다고 한다. 그 물 속에는 약간의 석회분과 라듐이 포함되어 있다고 하여 유명하다.

갑산광산의 기원은 우리의 분세이文政 8년경 농민 이동청李東淸이라는 자에 의해 발견되었다는 것이 시초로, 그 이후 백여 년간 각종 우여곡절을 거친 끝에 다이쇼 5년 5월 4일 '콜브란 보스트위크 탭에로브틴트 컴퍼니'가 그 광업상의 권리 일체를 우리 구

---

35) 건물를 헐고 난 뒤의 버려 둔 빈터.
36) 고려·조선 시대 지방 행정구역인 부(府)에 딸린 이속(吏屬).

하라광업주식회사久原鑛業株式會社에 양도하여 오늘에 이르렀다. 그 후 구하라광업주식회사에서도 얼마 동안은 휴업 상태에 있었는데, 다이쇼 14년 5월, 즉 올해 5월경부터 다시 사업을 개시하여 선광選鑛[37]하고 정련精練[38]하는 작업에 매진하고 있다. 하지만 채굴 쪽은 지금 잠시 중지 상태로, 당분간은 지금까지 채굴하여 축적해 둔 광석을 사용하여 선광정련 작업을 할 예정이라고 한다.

그 방법은 원광석原鑛石 50만 관貫[39]에서 선광한 8만5천관을 다시 정련하여 금은동을 함유하고 있는 10만근의 조동粗銅, 즉 함금은조동含金銀粗銅을 얻는 것이다. 그것을 오이타大分현 사가노세키佐賀の關의 구하라 정련장精練場으로 반송하여 금은동을 전기 분석한다고 한다.

끝으로 동점 지방의 기온에 대해 한 마디 하려고 한다. 동점지방의 기온은 7월 중 56도에서 74도, 8월이 되면 실내는 63도에서 80도 사이를 오르내린다. 그랬던 것이 어느새 8월 한 달을 넘어 9월 초 경부터는 서리가 내리기 시작하여 이듬해 5월까지 끊임없이 비설飛雪이 분분한 상태가 계속 이어진다고 한다.

나는 2, 3일 후 동점에서 갑산으로 돌아왔고, 그때부터 혜산진惠山鎭을 목표로 삼았다. 갑산을 출발한 지 약 2리, 허천강 상류를

---

37) 캐낸 광석에서 가치가 낮거나 쓸모없는 것을 골라내는 일.
38) 광석이나 기타의 원료에 들어 있는 금속을 뽑아내어 정제하는 일.
39) 척관법에 의한 무게의 단위(1관은 3.75kg).

건너 회린면會麟面으로 들어간다. 그리고 회린면을 통과한 지 3리
가 조금 지난 지점의 함정리숨井里에 도착했다. 함정리는 왕년에
불령선인의 습격을 받아 경찰관 주재소가 화공을 당했다고 해서
유명한 곳이다. 그 함정리에서 약 4리 반 거리에 위치한 운룡포雲
龍浦를 통과하여 약 1리 이상 완만한 비탈길을 올라가니 마상령馬
上嶺 위에 도착한다.

함정리를 출발한 뒤 마상령에 이르는 도로 양쪽에는 곳곳에
한창 제철인 노란 여랑화가 흐드러지게 피어 그 아름다움을 겨루
고 있었다.

드디어 마상령 위에 도착했을 때, 차를 세우고 전방을 내려다
보니 눈 아래 지호지간指呼之間[40)에 혜산진 시가지가 보이고, 오른
쪽 강 너머로 장백현長白縣을 조망할 수 있다. 또 계속 오른쪽으로
하늘을 올려다보니 구름 사이로 우뚝 솟은 남포태산南胞胎山 꼭대
기와 직면하며 서 있는 것이었다. 거기서부터 다시 차를 타고 마
상령 위에서 분주히 달리길 약 20정, 마침내 혜산진 마을에 들어
갈 수 있었다.

혜산진은 압록강 기슭으로, 거주하는 내지인이 남녀 합해 약 6
백 명. 영림지청을 비롯하여 수비대, 헌병대, 경찰서, 우편국, 도
립병원, 금융조합 등의 소재지이자 국방상, 그리고 상업상 가장

---

40) 손짓하여 부르면 대답할 수 있는 가까운 거리.

중요한 지점이다. 강 건너편은 지나 지방으로, 장백현의 소재지이다. 장백현의 시가지는 시가 후방 일대에 길게 뻗은 소위 탑산塔山을 따라 건설된 지나의 일류 시가지이다. 지사공서知事公署와 압혼이성鴨琿二省의 수상 경찰서 분국을 비롯하여 채목공사 분국, 우리 영사관 분관 등이 있고, 상업상 대단히 번화한 곳이다.

그리고 혜산진에 재주하는 내지인들은 대부분 임업가林業家로, 그 임업가에게 고용된 벌부와 그 사람들에게 물자를 공급하는 잡화상 등이 주를 이루고 있었다.

그리고 혜산진 부근까지 오면 압록강도 상당히 강폭이 좁아진다. 그래도 상류 쪽을 향해 가장 먼 곳은 대평리大坪里(작업장 소재지)로, 13리 정도 되는 지점에서부터 자꾸 뗏목을 흘려보내 온다. 그 뗏목도 혜산진 부근에 올 때까지는 대부분 1장 정도의 작은 것이지만, 이제 혜산진 부근에서부터 하류 쪽으로 가게 되면 2장 정도를 이어 붙인다. 점점 더 내려가서 신갈파新罗坡 부근까지 가면 이제 5장에서 6장 정도를 이어 붙이게 되고, 역시 한 사람의 벌부가 하류를 향해 당당히 이를 저어 내려가는 것이었다.

또 혜산진은 군사상 대단히 중요한 곳으로, 국경 제3수비대 본부 소재지이다. 대장은 중좌中佐로, 이와타 요시노부岩田義信라는 사람이었다. 제3수비대는 혜산진에 1개 중대를 머물게 하고 중평장과 신갈파진에는 1개 중대씩을 파견 중이었다. 그리고 혜산진 수비대에서 혜산진 동북 6리 땅에 위치하는 보천보普天堡에 1개 소

대, 신갈파진 수비대에서 1대 소대씩을 파견하고 있었다. 이와
같이 우리 군대는 국경의 요충지를 장악하고 밤낮으로 그 수비에
전력을 기울이고 있는 것이다.

그리고 8월 14일 나는 혜산진 체육협회가 중심이 되어 조직되
었다는 소위 등산대登山隊에 참가하여 드디어 백두산 등정을 결
행하기에 이르렀다. 그리하여 나는 소신에 따라 나의 임무 수행
을 방해하고자 계책하는 비열하고 흉포한 그 어떤 것에도 굴복
하지 않고, 능히 그 진상을 밝혀 이를 사회에 발표하는 영광을
누리고자 한다. 이하 백두산의 진상眞相은 다음 호에서 자세히 기
술하겠다.

—『조선 및 만주』 제216호, 1925. 11.

국경기행 4

도가노 아키라(栂野晃完)

8월 4일 아침 일찍 혜산진을 출발했다. 여기서부터 압록강을 따라 강 건너 지나를 조망하면서 북쪽을 향해 끊임없이 발길을 옮겼다. 도중 위연포渭淵浦, 화전리樺田里, 천수리泉水里, 가림리佳林里 등의 부락을 통과하고, 계속해서 백덕령栢德嶺 기슭을 답파한 뒤 금세 길을 왼쪽으로 돌려 다시 가림천佳林川 연안으로 나왔다. 이때 우리는 가림천에 걸린 보천보교普天堡橋를 건너자마자 백두산계白頭山系에 속하는 양 산맥이 가림천을 중앙에 두고 나란히 그 양쪽 강기슭을 달리는 사이에서 오른쪽 강변을 따라 걸어가길 약 1리, 보천보 부락에 도착했다. 보천보는 일명 보전保田이라고도 하는데, 그 부근을 흐르는 가림천 역시 보전천保田川이라고도 불렸다. 보천보는 혜산진에서 북쪽으로 6리 정도 떨어진 곳으로 32가구가 살고 있다. 수비대 및 주재소, 삼림보호구 등의 소재지로, 혜산진 이북 유일의 역참이다. 부근 산중에는 여우, 수달, 곰, 노루, 산양 등의 동물이 다수 서식하고 있다고 한다.

그리고 보천보 즉, 보전 1리 바로 앞에서 가림천에 걸려 있는 보천보교를 건너자마자 오른쪽으로 돌면 옛 보천보의 성터를 지호지간에 조망할 수 있다. 이는 먼 옛날 여진 시대에 여진족, 즉 '졸친'이 건설한 보대堡臺의 폐허로, 옛날에는 이 보대를 일컬어 보천보라고 불렀던 것이다.

8월 15일 이른 아침 나는 보전, 즉 보천보를 떠나 약 반 리 남짓 계속 전진하여 양쪽으로 갈라진 도로와 만났다. 거기서 오른쪽 도로를 따라 진입한 후 소위 최가령崔可嶺 기슭을 넘어 동남쪽으로 15리를 가면 국경의 무산茂山에 도착하는 것이다.

내가 보전을 통과했을 때는 예년과 마찬가지로 최가령 밀림 속에서 몰래 아편 재배에 종사하고 있는 불령선인을 토벌하기 위해 보전주재소에서 특별히 4개 반을 편성하고(1개 반은 7명 내지 5명으로 이루어진다), 드디어 내일부터(8월 16일부터) 이 4개 반이 최가령 밀림 속으로 들어가 불령단을 체포하고 아편밭을 전멸시키고자 그 출동준비에 한창 여념이 없는 상황이었다. 나는 그런 보전주재소의 긴장감을 목격하면서 보전을 출발하여 앞서 말한 갈림길에서 길을 왼쪽으로 돌려 북쪽으로 계속 산길을 더듬어 갔다. 거기서부터 약 1리, 보전천 상류에 위치하는 청림동靑林洞 벌목작업장에 도착했다. 조금 휴식을 취한 후 작업장을 떠나 발길을 옮기자 점점 더 중첩되는 산맥은 마치 도로 양쪽을 향해 다가오는 듯했다. 이 사이로 통하는 한 줄의 좁고 험한 길이 있어 그 길을 오르내리길 반복하며 계속 올라가는 도중, 통남동通南洞을 통과하여(통남동의 호수는 4가구에 불과하다) 보태동寶泰洞에 도착했다. 보태동은 경찰관 주재소 소재지로 호수는 85가구, 부락은 도로를 따라 흐르듯이 형성되어 있었다. 그 부락의 동북쪽 구석에 장군봉將軍峰이라고 부르는 봉우리 하나가 우뚝 솟아 있다. 그 봉우리는 높이가 2,800미터로, 정상은 전부 암석으로 이루어져 있고 마치 그 정상에 돌로 만든 침상이 가로놓여 있는 것처럼 보이는 산이었다. 장군봉은 앞서 말한 대로 보태동에서 동북쪽으로 약 2리 떨어진 곳에 있다고 하는데, 사실은 바로 부락 앞쪽에 우뚝 솟아 있어서 마치 손에 잡힐 것처럼 보였다. 잠시 휴식한 후 북쪽으로 돌진하여 혼장덕령混杖德嶺이라고 부르는 봉우리를 넘었다. 이 봉우리는 오르막 1리 반, 내리막 1리 반이라고 한다. 산을 올라가니 초반에는 가문비나무, 적송 등이 산길 양쪽에 무수히 늘어서 있다. 그 길을 통과하여 우뚝 솟은 푸른 나무들이 빽빽이 우거진 사이를 헤치며 3리의 산길을 오르내리고 나니, 이번에는 온통 삼림으로 우거진 일대 산맥이 사방을 둘러싸고 있는 분지에 이르렀다. 그 분지 사이를 조금 더 더듬어 가니 그 분지 북쪽 구석에 위치하는, 호수는 불과 6가구에 지나지 않지만 경찰관 주재소 소재지이자 교통상 요충지로 알려진 포태산胞胎山 부락에 도착하여 하룻밤을 보냈다.

　보전, 즉 보천보에서 보태동에 이르러 이어서 혼장덕령을 넘어 포태산이 도달하는 도정 약 6리, 이를 혜산진에서부터 계산하면 포태산에 이르는 도정은 약 12리라고 할 수 있을 것이다.

　다음날 16일 아침 일찍 포태산을 출발하여 얼마 지나지 않아 가파른 언덕에 접어들었다. 이 가파른 언덕의 경사도는 약 45도 내외라고 한다. 북쪽을 향해 푸른 나무들 사이를 걸어가길 약 10정 남짓, 드디어 밀림지대로 들어가는 것이었다. 언덕을 올라가니 우뚝하게 높이 솟은 커다란 나무가 앞뒤좌우로 빽빽이 서 있다. 그 우거진 나무들은 그 사이로 동서남북 어느 쪽으로도 조망할 수 있는 여지가 전혀 없을 정도의 밀림이었다. 그 밀림 속 무성한 잡초 사이로 한 줄기 통로와 같은 도로가 있었다. 이 통로, 즉 커다란 나무와 잡초 사이에 존재하는 덩굴이 우거진 좁은 길을 헤치며 나아가길 반복하고, 혹은 쓰러져 있는 커다란 나무를 끊임없이 밟고 넘어가길 반복하면서, 이 밀림지대를 돌고 돌아 계속 북쪽으로 행진했다. 그 사이 약 4리, 잠시 후 간신히 허항령虛項嶺에 도착하여 잠시 휴식을 취한 뒤 삼지원三池院으로 향했다.

　허항령은 이 산림 속 분지로, 이곳에는 국사대천왕國師大天王의 위패가 안치되어 있다. 내지의 지장당地藏堂보다 두 배 정도 큰 3개의 묘가 나란히 길 왼쪽에 건립되어 있는 것이다. 이 묘 앞에서 삼림 사이로 포태산맥을 조망할 수 있었다. 원래 이 허항령에는 마방馬房이 3채 정도 있었다. 그런데 다이쇼 9, 10년경에 이르러 예의 마적 두목 장강호長江好의 내습 때 그 가옥 3채가 불타버렸다. 그 이후 허항령은 인적이 끊어진 채 오늘날에 이른 것이다.

그리고 이 허항령에 5, 6년 전까지 3개의 인가, 즉 마방이 있었던 이유는 원래 다이쇼 9, 10년경까지는 혜산진과 지나의 안도현安圖縣 잉두산㵁頭山 시장의 교통이 활발히 이루어지고 있었으며, 그 사이에서 이 허항령이 양쪽 지방의 중계소 역할을 했기 때문이었다. 하지만 다이쇼 10년 봄 장강호로 인해 불타버린 후에는 다시 거주하는 사람도 없어지고, 안도현 또한 불령선인의 발호跋扈로 오가는 인적이 끊어져, 허항령은 완전히 폐멸廢滅의 비운으로 추락하게 된 것이었다.

그리고 포태산에서 허항령에 이르는 대삼림은 여름철이 되면 이 대삼림 곳곳에 존재하는 자작나무의 껍질을 벗기기 위해 다수의 선인들이 들어와 작업에 종사하기 때문에 삼림 이곳저곳에서 선인의 모습을 꽤 많이 볼 수 있었다. 자작나무 껍질은 전부 해안으로 반출되어 어망의 부표로 사용된다고 한다.

그리고 또 이 허항령에서 백두산 아래에 이르는 아득히 넓은 대삼림에는 지금 곳곳에 '들쭉'이 제철을 맞이하여 검은색 열매를 맺고 있으니, 이를 채취하기 위해 이 삼림 속으로 들어온 선인도 상당히 많았던 듯하다.

허항령은 딱 함경북도 경계에 해당한다. 그 허항령에서 약 1리를 걸어 삼지연三池淵에 도착했다.

삼지연에 다가감에 따라 3, 4정 떨어진 곳에서부터 삼림을 통해 왼쪽으로 1호못 호숫가를 바라볼 수 있었고, 금세 2호못 호숫가에 이르러 야영을 하게 되었다.

삼지연의 2호못은 둘레 약 1리, 호숫가는 모두 흰 모래로 이루어져 있다. 물은 지극히 청정하면서도 따뜻하고, 호수 주위에는 온통 우뚝 솟은 나무들이 무성하다. 또 사슴과 노루의 무리가 끊임없이 호숫가를 소요하고, 기러기와 오리 등은 호수 위를 부유하니, 이들은 가련하고 슬픈 인간 세상을 전혀 알지 못하는 듯했다.

호숫가에 서서 앞쪽을 조망하니 호수 건너편에서부터 약간 왼쪽으로 치우친 곳에 베개를 옆으로 놓은 것 같은 속칭 베개산이 우뚝 솟아 있고, 거기서부터 멀리 오른쪽으로 연접하여 후지산富士山 모양을 한 소백산小白山이 우뚝 솟아 있다. 게다가 호숫가의 해질녘 풍경 또한 뭐라 형용하기 어려울 정도로 흥미로웠다.

저녁 무렵이 가까워짐에 따라 석양에 물드는 붉은색 구름이 소백산 꼭대기에서부터 차례차례 왼쪽 하늘에 나타나기 시작했다. 호수에 비치는 구름 또한 빠르게 하나, 둘, 셋, 차례로 호수 위를 지나가니 그 때 수중에 비치는 붉은색 그림자의 흥미로운 움직임. 나는 마치 홀린 듯이 멍하니 그 광경을 보고 있었는데, 이 구름의 움직임도 곧 멈추고 해는 이미 서산으로 지고 있었다.

태고의 모습을 간직한 듯한 호숫가의 밤에는 한기가 덮쳐와

견디기가 쉽지 않았다.

　다음날 17일, 일행은 아침 일찍 야영의 단잠에서 깨자마자 전진 준비로 분주했다. 준비를 마치고 금세 2호못 호숫가 야영지를 출발, 그 배후에 가로놓인 3호못 호숫가를 왼쪽에 바라보면서 북쪽을 향해 울창한 삼림 사이를 계속 전진했다. 2호못, 3호못 호숫가를 지나 금세 그 사이 약 4, 5정쯤 왔다고 생각했을 때, 갑자기 오른쪽으로 헤치고 나아가는 길 하나를 발견하여 그 길 맞은편이 어딘지 길 안내인에게 물어 보니 농사동農事洞을 거쳐 무산 방면으로 가는 길이라고 한다.

　거기까지 통과하여 북쪽으로 발길을 옮김에 따라 도처에는 작은 연못이 여러 개 있고, 또 대와大窪라고 부르는 모래벌판이 있었다. 물론 이 모래벌판은 머나먼 옛날에 존재했던 호수의 흔적이다. 따라서 이 주변 일대의 땅은 일반적으로 머나먼 옛날 일대 호수였는데, 연대를 거듭함에 따라 그 호수가 말라붙어 어느 곳은 모래벌판으로 변하고, 또 어느 곳은 그 흔적으로 수많은 작은 연못들이 생기고, 그밖에는 시대의 추이에 따라 모두 삼림지대로 변해 갔던 것임을 상상할 수 있었다.

　그리고 또 3리를 지나 삼봉三峰이라는 곳을 통과했다. 이 주변은 일반적으로 삼림이 거칠고 가는 길에 3개의 커다란 언덕이 서 있었다. 우리는 그중 북쪽에 치우쳐 있는 한 언덕 위를 통과하여 왼쪽으로 저 멀리 앞쪽을 조망했다. 거기에 보이는 백두산 및 백두산에 연접한 일대 산맥은 동쪽에서 서쪽으로 하나의 큰 대자를 그리고 있었는데, 이는 마치 큰 뱀이 옆으로 누워 있는 것처럼 보였다. 또 그 사이에 우뚝 솟아 있는 백두산 봉우리는 큰 뱀이 머리를 불쑥 들어 올린 것처럼 높이 솟아 있었다. 그리고 이 부근 일대는 일반 수목이 적어 어린 자작나무가 도처에 듬성듬성 자라 있는 정도였다. 이 사이를 걷길 약 1리, 다시 낙엽송 삼림지대로 들어왔다. 그리고 또 벌판 같은 길을 헤쳐 나아가길 반복하거나, 쓰러진 나무를 밟고 넘어서길 반복하며 이 삼림지대를 돌고 돌아 나아가는 것이었다. 삼봉 근처에서부터 이 주변 일대의 삼림지대에는 지금 곳곳에 제철을 맞이한 야생 국화가 옅은 보라색 꽃을 흐드러지게 피우고 있었다. 그리고 얼마 지나지 않아 신무장神武場에 도착했다. 신무장은 사실 아득히 넓은 낙엽송 대삼림지대 안에 존재하는 얼마 안 되는 초원지대와, 그 초원지대에서 북쪽으로 맞닿은 삼림지대의 일부를 포함한 지역을 가리키는 명칭으로, 그 사이에는 단 한 명의 사람도 거주하지 않을 뿐만 아니라 사람이 거주할 법한 집도 전혀 없었다. 우리는 북쪽에서부터 통행로와 나란히 서 있는 오른쪽 언덕 아래로 흘러내려오는 개울 근처에서 야영을 했다. 그 청려한 개울물은 우리가 도저히 상상할 수 없을 만큼 차가웠다.

여기에서 일행은 하룻밤 한뎃잠을 자고 다음날 18일 아침 일찍 또 이곳을 출발하여 삼림 속을 더듬어 가며 북쪽으로 나아갔다.

삼지연에서 신무장에 이르는 도정 약 5리.

신무장 부근에도 야생국화와 기타 고산식물에 속하는 이름도 모르는 많은 식물이 지금 제철을 맞이하여 흐드러지게 피어 있었다. 그 사이에 서식하는 벌레도 딱 한 종류로, '귀뚜라미' 종류에 속하는 '여치'라는 놈이 도처에서 요란하게 소리 높여 울고 있었다. 그리고 한밤중이 되어 한기가 점점 극심해지자 야영을 하는 우리로서는 견디기 어려울 정도였다. 신무장을 출발한지 얼마 되지 않아 오른쪽 계곡의 녹음을 따라 조금 더 나아가니 검은 벽돌석이 쌓여 있는 곳이 있다. 그 검은 벽돌석이 쌓여 있는 곳에서부터 맞은편은 일자로 맞닿아 있는 골짜기이고, 그 골짜기를 따라 솟아 있는 연속된 맞은편 언덕이 바로 일지日支 양국의 국경선으로, 이 국경선을 넘어 십여 리 정도를 가면 지나의 안도현 잉두산 시장에 도착하는 것이다. 그리고 또 이 경계선을 넘어 3리 정도 안도현 영내로 들어가면 거기에 호수가 하나 있다. 지나인은 다이쇼 원년 경, 이 호변에 묘를 하나 건설하고자 일부러 이곳에 병대를 파견하고 안도현을 경계로 하는 우리 조선의 영토 안에 침입하여 필요한 벽돌석을 캐기 시작했다. 이를 탐지한 우리 관헌은 지나를 향해 그 불법을 질책하며 엄중한 항의를 제출했고, 지나인들은 그 목적을 달성하지 못한 채 제조한 벽돌석을 쌓아 놓은 채 그대로 퇴각했는데, 이것이 바로 그 흔적이라고 한다.

이 주변에서 길을 왼쪽으로 돌려 밀림 안으로 나아가길 약 3리, 평소에는 물이 조금도 흐를 수 없는 작은 강변으로 나온다. 그 강을 가로지름과 동시에 곧장 그 강을 따라 조금 더 가다가 다시 길을 오른쪽으로 돌려 나아간다. 그 사이의 삼림 속 산길이 아무리 구불구불해도 결국은 북쪽을 향해 계속 나아가고 있는 것이었다.

그리고 신무장을 떠난 지 약 3리, 계속 발길을 재촉하여 무두봉無頭峯에 다가감에 따라 숲의 모양은 완전히 달라지기 시작했다. 이전에 지나온 삼림지대에 속하는 수목은 모두 하늘을 향해 높이 솟은 모양이었는데, 그와는 반대로 이 주변 삼림지대에 속하는 수목은 대부분 낙엽송으로, 낙엽송은 줄기만 두껍고 키는 크지 않다. 그런 이유로 가지는 뿌리에서 돋아나 길게 자라 있다. 이런 나무는 모두 안쪽이 붉은색을 띠고 있고 목질은 지극히 단단하여 철도의 침목 등으로 쓰기에 가장 적당하다고 한다.

그런 모습을 한 삼림 속을 더듬어가길 약 2리, 무두봉 부근에 도착했다.

무두봉 부근에 가까워지자 금세 길을 서쪽으로 돌려 가시덤불 사이로 위쪽을 향해 올라갔다. 그렇게 올라가면서 뒤를 돌아보니 동쪽 저 멀리 병풍처럼 높은 봉우리들이 백두산을 마주 보며 연달아 서 있었다. 이것은 무산 방면을 지키고 서 있는 산들로, 그 사이는 약 20리나 떨어져 있다고 한다. 그 사이 일망—望 20리의 대삼림도 여기에서 보면 그저 온통 평야처럼 보였다. 그리고 시선을 돌려 곧장 북쪽을 올려다보니, 바로 거기에 백두산 및 백두산에 연접하는 모든 산맥이 손에 잡힐 것처럼 가까이 보이는 것이었다.

무두봉에 도착한 우리는 오르막길에서 점점 오른쪽으로 들어간 후 완전히 일직선을 그리며 서쪽에서 동쪽으로 달려갔다. 전방 아래쪽에 지극히 청랭한 급류를 내려다볼 때까지 고지대의 지형을 살피면서 야영 준비에 들어갔다. 이제 여기서부터는 백두산 기슭의 들판으로, 눈에 보이는 것은 모두 황량한 소석燒石[41])지대이다. 우리는 북쪽을 향해 이 만목황량滿目荒凉한 소석지대를 걷길 약 4리, 백두산 위에 자리 잡은 대지호大池湖[42])를 향했다.

—『조선 및 만주』 제219호, 1926. 2.

---

41) 달군 돌.
42) 큰 못과 호수.

국경기행 5

도가노 아키라(栂野晃完)

백두산

야영지를 떠난 지 얼마 되지 않아 눈에 보이는 백두산 아래 북쪽 일대의 땅은 전부 불타버린 허허벌판으로, 분화 당시의 재와 소석으로 메워진 일대 평원 지대였다. 이 평원 지대는 백두산 분화 당시까지 전부 대삼림 지대였다고 한다. 그런데 백두산 분화와 동시에 그토록 거대했던 삼림은 즉각 분출하는 재와 돌 때문에 전부 그 아래에 묻혀 자취도 없이 사라지고, 지금은 전부 불타버린 허허벌판이 되고 말았다는 것이다. 그 증거로 지금도 이 허허벌판의 지하를 5, 6척, 혹은 1장丈43) 정도 파 내려가면 옛 모습 그대로 화석이 돼 버린 커다란 나무가 도처에서 발견된다고

---

43) 길이의 단위. 1장은 10자(약 3m).

한다.

우리는 들쑥날쑥한 지면을 따라 허허벌판 사이를 나아가길 약 3리, 백두산 바로 아래 위치한 정계비 옆에 도착했다. 그 부근 일대의 땅은 말할 것도 없이 막막한 허허벌판으로, 그 사이에는 곳곳에 지상을 기어가며 밀생하고 있는 애기 진달래나 미처 다 자라지 못한 '들쭉'이 군생하고 있다. 그 사이 사이에는 또 이름도 모르는 고산식물과 이끼류가 듬성듬성 자라 있다.

그리고 내가 오늘 아침 무두봉 야영지를 떠나 정계비에 이르는 3리를 이동하면서 때때로 뒤를 돌아보니, 저 멀리 뒤쪽에 연호連互하는 일대 산맥의 중턱에 일직선으로 흰 구름이 걸려 있어, 그것이 마치 해당 산맥의 중턱에 한 커다란 폭포가 일직선으로 물보라를 뿌리며 걸려 있는 것처럼 보였다.

이런 가운데 나는 일행과 떨어져 잠시 정계비 아래에 이르러 휴식을 취했다. 정계비는 높이 3척, 가로 2척, 두께 5치 남짓한 검은 돌로 제작된 것이었다.

이 비석을 기점으로 동쪽 도문강圖們江 방면에는 약 1정 간격으로 1평 남짓한 면적 안에 3, 4척 정도의 높이로 자갈을 겹겹이 쌓아 만든 둥그런 석표石標가 있었는데, 이 자갈을 겹겹이 쌓은 석표와 봉분이 동쪽과 서쪽 양 방면으로 쭉 뻗어 양국의 경계를 표시하고 있었다.

그 경계를 표시한 비석의 일면에는,

오라총관 목극동이

국경을 조사하라는 교지를 받들어 이곳에 이르러 살펴보고

서쪽은 압록강으로 하고 동쪽은 토문강으로 경계를 정하여

강이 갈라지는 고개위에 비석을 세워 기록하노라

대청 강희 51년(숙종38, 1712) 5월 5일

필첩식소이창통관이가

조선군관 이의복 조대상

좌사관 허량 박도상

통관 김응헌 김경문

烏喇摠管 穆克登奉

旨查邊至此審視西爲鴨綠東爲土門

故於分水嶺上勒石爲記

大淸 康熙 五十一年 五月十五日

筆帖式蘇爾昌通官二哥

朝鮮軍官 李義復 趙台相

左使官 許梁 朴道常

通官 金應憲 金慶門

라고 적혀 있다.

　여기서부터 나는 일행의 뒤를 따라 오른쪽으로 비스듬히 백두산 위로 올라가려고 하는 것이다.

　보라, 우리가 오랫동안 동경해 온 백두산은 바야흐로 정계비에서 몇 걸음 떨어진 지점에, 당당히 암석을 드러낸 벌거숭이 모습

그대로 우뚝 솟아 있는 게 아닌가. 그리하여 나는 이제 정계비를 떠나 몇 걸음 오른쪽으로 비스듬히, 늠름하게 암석을 드러낸 이 백두산 능선을 올라가고 있는 것이었다. 능선의 각도는 약 50도 이상, 숨이 헐떡거리며 이 첫 번째 능선을 끝까지 올라가니 고개는 조금 완만해지고, 그 사이를 또 잠시 걸으니 연이어 두 번째 능선을 올라간 지 얼마 되지 않아 천지의 호반, 구분화구舊噴火口 구벽口壁에 다다랐다. 정계비를 떠나 이 분화구벽에 이르기까지의 도정은 약 1리, 그리고 무두봉 야영지를 떠나 이곳 분화구벽에 이르기까지의 도정은 약 4리이다. 드디어 끝까지 올라가 구벽에 높이 솟은 바위 사이로 구분화구 바닥을 내려다보니 천지호는 발밑 아주 가까이에 보이는데, 그 수면이 거울처럼 가로놓여 있다. 지금 내가 서 있는 곳은 단적으로 말해 구분화구 구벽으로, 흑요석黑曜石으로 이루어져 있는 부분이다. 그 구분화구 둘레는 7리라고 한다. 구분화구의 밑바닥 중앙에 둘레 3리의 유취幽翠44)한 천지호의 수면은 감벽紺碧45)하며, 아주 잔잔하고 고요하게 가로놓여 있다. 그 분화구벽 바위 사이로 호수의 앞쪽을 내려다보니 맞은 편 물가의 오른쪽 구석, 즉 호수의 동북쪽 구석에 즈음하여 송화강松花口의 수문구水門口가 보인다. 그 수문구의 오른쪽 물가에 즈음하여 지나의 신을 모신 작은 사당이 희미하게 보였다. 송화강

---

44) 초목이 우거져서 검푸른 모습.
45) 검은 빛이 도는 짙은 청색.

은 거기에서 발원하여 동북쪽을 향해 흘러내리면서 일대폭포를 이루고, 그 폭포의 하류에 2, 3개의 현하(懸河)46)가 합쳐지면서 비로소 송화강의 본류가 되어 서북쪽으로 흘러가는 것이다.

그리고 또 다년간 백두산 부근을 모두 답파한 사람의 이야기에 따르면, 천지호 건너편 물가로 돌아가 그 서북쪽 구석 수문구 바로 아래 수백 장의 폭포를 이루는 일대를 달밤에 와서 살펴보면, 그 부근은 바깥쪽으로 자욱한 안개가 주변을 휘감고, 또 달빛이 그 물안개를 비추면서 요란한 물소리가 거기에 녹아드니, 그 모습이 도저히 필설로 다 할 수 없을 만큼 장관이라고 한다.

그리고 지금 내가 서 있는 구벽의 일부에서 내려다 본 천지호는 전체 천지호의 일부분으로, 전체 천지호는 호수 모양의 굴곡에 맞춰 여기에서는 조망할 수가 없다. 따라서 구분화구벽에 기암괴석이 높이 솟아 있다는 것도 이 주변의 모습으로, 지금 내가 서 있는 장소에서 조금 왼쪽에, 곶처럼 호수 안으로 길게 작은 산맥 하나가 연접·돌출하듯이 튀어나와 있는 바위가 있다. 그 길게 돌출된 바위 위에 또 괴이한 모양의 여러 바위가 우뚝 솟아 있는데, 그중에서 가장 기묘해 보이는 것은 그 돌출된 바위의 근본에 가깝게 자리 잡은, 속칭 고양이 바위라고 부르는 것이다. 그 바위는 어디서 봐도 한 마리의 고양이가 양쪽 귀를 쫑긋 세우고

---

46) 세차게 흐르는 강.

앉아 있는 모습을 방불케 하는 것으로, 기암 중의 기암이었다. 그리고 이 다리처럼 길게 호수 안으로 돌출되어 있는 바위의 오른쪽은 이미 퇴색하여 모래밭이 되어 있었다. 이 일대를 제외한 천지호 호숫가는 대부분 단애절벽으로, 그 아래는 모두 푸르고, 무시무시하고, 끝을 알 수 없는 마수魔水가 있는 곳처럼 보이는 것이었다.

이제부터 나는 이 분화구벽에 서서 백두산 정상을 기점으로 사방을 조망한 광경을 서술해 보겠다.

구분화구벽에 서서 바라본 백두산 사방의 광경은 눈에 보이는 모든 것이 하늘 속 고원高原으로, 운연雲煙이 막막漠漠하니 오호라, 어디가 어디인지 전혀 분간이 가지 않았다. 그럼에도 불구하고 예전에 백두산을 방문한 어떤 이가 백두산 위에 서니 일망천리一望千里, 지나령 간도間島지방에서 러시아 영토 일부까지도 시야에 들어왔다는 식의 글을 써서 세간에 발표했으니, 지금 내 눈앞에서 이것은 완전히 허풍이라는 사실이 증명된 것이다. 그러나 백두산 주위에는 구름에 둘러싸여 그 낭떠러지만 드러내고 있는 몇몇 봉우리가 보였다. 물어보니 이런 봉우리가 백두산 주위에는 8개나 있다고 한다. 그리고 이 구름 속 봉우리는 모두 백두산의 봉우리보다도 낮아 보였다.

거기서부터 구분화구벽의 왼쪽을 따라 발길을 옮긴 나는 왼쪽 분화구벽의 일부를 형성하는 백두산의 가장 높은 곳, 나가이永井

박사에 의해 명명되었다는 대정봉大正峯47)에 올랐다. 금세 그 꼭대기에 도달한 나는 사방을 내려다보았다. 먼저 앞쪽에 손에 잡힐 것처럼 보이는 것은 지극히 웅대한 천지호의 전경이었다. 그리고 왼쪽으로 서쪽을 조망하니 구불구불한 긴 뱀처럼 사방을 향해 흘러가는 압록강 줄기가 보인다. 그리고 다시 눈을 돌려 전방의 안도현 방향을 내려다보니 저 멀리 소위 백두산의 온천 소재지를 볼 수 있었다.

이제부터 잠시 그 온천에 대해 써 보겠다.

대정봉 위에서부터 호수의 서쪽 구석에 위치하는 호면을 통해 오른쪽 산 아래(지나 안도현 잉두산 방향)를 내려다보니, 약 반 리쯤 떨어진 아래쪽에 일군의 숲인가 싶을 정도로 장대한 검은 부분이 보인다. 이 일대가 바로 압록강의 수원지로, 이 일대에서 발원하는 물이 2백여 리를 흘러가 결국 신의주를 거쳐 바다로 흘러가는 것이다.

하지만 이 거무스름한 수원지에서 또 반 리 남짓 그 물줄기를 따라 내려가면 거기에 사방 2칸 남짓한 자연적으로 파인 온천지대가 있어, 그 온천수 구덩이에서는 항상 증기를 피어올리고 있었다. 그 탕의 온도 역시 상당해서 살짝이라도 손을 담그면 말도 못할 만큼 뜨겁다는 것이다. 그 증거로 날계란을 깨서 그 탕 안

---

47) 현 백두산 최고봉인 장군봉을 가리킨다. 대정봉 외에도 병사봉, 백두봉으로도 불렸다.

에 넣으면 금세 익는다고 한다. 때때로 사슴을 사냥하는 사냥꾼
이 이 일대를 통과하는데, 그 사냥꾼이 가끔 들려 그 온천에서
목욕을 할 때가 있다고 한다. 그 사냥꾼이 이 온천에서 목욕을
하기 위해서는 근처에 구멍을 파고 이 온천물을 거기로 흘려보낸
뒤, 이 일대를 흘러가는 압록강 물을 퍼와 여기에 섞어 목욕을
한다고 한다.

—『조선 및 만주』 제224호, 1926. 7.

국경기행 6

도가노생(栂尾生)

이제 나는 드디어 이 분화구벽을 내려가 그 밑바닥에 위치하는 천지호 호숫가에 도달하고자 한다.

그런데 그 분화구벽 주위는 전부 화산암으로 이루어진 것은 물론이요, 그 주위를 구성하는 화산암이 다년간에 걸쳐 균열을 낳고 눈비바람으로 인해 뭉그러지면서 분화구벽 안쪽은 자연적으로 급경사를 이루게 되었다. 또 자갈들이 굴러 떨어지고 포개지면서 오르내리기가 대단히 어려운 것은 말할 필요도 없었다. 하지만 나는 나의 임무를 수행하기 위해 그 아래로 내려가고자 하는 단호한 결의를 내비치며 행인의 말에도 전혀 귀를 기울이지 않았다. 그것은 내 임무의 수행에서 오는 당연한 결과로, 그 누구라도 강압적으로 이를 저지하거나 억제할 권능을 갖고 있지 않다고 확신했기 때문이다.

그런 확신 아래 내 임무를 단호히 수행하는 것은 실로 흔쾌하기 이를 데 없었다.

드디어 나는 그런 확신을 갖고 내려가기 시작했다. 그러나 과연 내려가 보니 점점 더 가팔라지는 비탈길은 위험하기 짝이 없었다. 게다가 급경사를 이루는 비탈길은 도처에 자갈 천지로, 그 자갈 위에 발을 벋디디다 구르기 일쑤였다. 이런 천신만고 끝에 식은땀을 흘리며 아래로 계속 내려갔다. 한 가지 덧붙이면, 구분 화구벽에 서서 바라봤을 때 천지호는 틀림없이 눈 아래 지호지간에 있었는데, 이렇게 내려와 보니 상당히 멀다. 맨 아래까지 가려면 아직 한참 남은 것이다. 그런데 이제 반 정도 내려 왔나 싶어서 아래쪽을 내려다보니, 어찌 그걸 생각이나 했으랴, 아래까지 가려면 아직 전도요원前途遼遠하다. 여기서 나보다 먼저 내려가서 아래에 도착한 사람의 모습을 내려다보니, 그 모습이 마치 개미가 기어다니는 것처럼 보였다. 그렇다고 여기서 멈출 수는 없는 노릇이다. 결국 용기를 내서 계속 내려가다 보니 잠시 후 맨 아래까지 내려갈 수 있었다. 아래에 내려와 보니 아직 호숫가까지는 모래벌판을 5, 6정은 걸어가야 했다. 그 모래벌판은 앞서 이야기한 바위 곳의 오른쪽 뒤편이다. 그 모래벌판에 자라난 애기진달래와, 가시 군생처럼 밟으면 서벅서벅 소리가 나는 흰 바위에 돋아난 균태菌苔 식물이 번식하고 있는 사이를 통과하여 간신히 천지호 물가에 도착할 수 있었다. 천지호 호숫가는 모두 이렇게 흰 모래로 되어 있고 물은 지극히 청려하다. 하지만 그 물의 온

도는 이 일대의 산중이 공통적으로 그러하듯이 얼음처럼 차가운
게 아니라 상당한 높았다. 또 그 근처 물가에는 구화산구 부근에
서 공통적으로 볼 수 있는 경석輕石48)이 도처에 다수 떠다니고 있
었다. 그리고 나는 그 호숫가에 서서 물속을 바라보았는데, 신기
하도다, 호반 일부에서부터 단단한 석영질石英質의 새하얀 돌이 빈
틈없이 깔린 길처럼, 호수 중앙에 진좌鎭坐하신 신의 거처로 통하
는 길처럼, 얼핏 봤을 때 다다미疊49) 3장 정도를 세로로 깐 정도
의 넓이로 길고 규칙적으로 호수 중심을 향해 튀어 나와 있었다.
하지만 이것은 연구해 보면 그렇게 신기한 일도 아니다. 결국 석
영은 규산염류圭酸鹽類이다. 화산이 분화하기 시작했을 때 그 규산
염류 가스체가 분화구 바닥에 생기는 균열을 향해 위쪽으로 뿜어
올라오고, 그 뿜어 올라온 것이 냉각되어 석영이라는 고형체를
무수히 만들어낸 것이다. 즉, 지금 여기 빈틈없이 깔린 것처럼 무
수히 존재하고 있는 석영이 바로 그것이었다.

　호숫가에 서서 이 같은 현상을 전부 바라본 나는 이제 귀로에
오르고자 했다.

　발길을 돌려 앞서 왔던 길을 더듬어가며 다시 이 자갈이 가득
한 급경사면을 올라가려고 하는 것이다. 이렇게 그 돌무더기를
밟고 또 밟으며 급경사면 위로 올라가려고 하니, 이게 어찌 된

---

48) 화산의 용암이 갑자기 식어서 생긴, 다공질(多孔質)의 가벼운 돌.
49) 속에 짚을 넣은 돗자리. 크기는 3척×6척(910mm×1820mm, 1.6562m²)가 기본.

일인가, 2척을 올라가면 1척은 다시 내려온다. 이럭저럭 하는 사이에 또 높은 곳에서 돌멩이가 폭포처럼 쏟아져내려와 1장이나 아래로 훑어 내린다. 이제 다 틀렸군, 수십 번 이런 일을 반복하고 당장이라도 숨이 끊어질 것처럼 헐떡이면서, 지금은 무의식중에 평소 내가 믿는 남무묘법연화경南無妙法蓮華經50)을 외울 뿐이었다. 이윽고 열심히 외운 묘법연화경의 공덕 덕분인지 산 위 구분화구벽 근처에 희미하게 보이는 두 사람의 그림자. 그것은 특별히 마중을 나와 준 호위순사의 모습이었다.

그 모습을 보고 힘을 얻은 나는 드디어 구분화구벽의 원래 위치로 돌아올 수 있었다. 그리고 잠시 쉰 후 산에서 내려와 또 원래대로 3리의 불탄 벌판을 더듬어 간 끝에 밤 7시경 무두봉 야영지에 도착할 수 있었다. 이날 밤은 백두산 아래에 드물게 많은 비가 내렸다. 그런데 이날 밤 그 폭우 속에서, 그것도 수십 리 사이에 인가가 전무한 이 대삼림 속에서, 잡아끌지 않으면 움직일 수도 없을 만큼 녹초가 된 나는 영문도 모르는 채 그저 제재라는 한 마디 아래 호위순사를 필두로 하여 보태동寶泰洞 주재소 주석순사인 사이토齋藤 모씨 무리에게 일대 폭행을 당했다. 나는 다음번에 이 폭행의 전말을 상세히 서술하여 국경순사 사이토 모씨의 흉포함을 세상에 소개하고, 이후 백두산 등정을 결행하려고 하는

---

50) 나무묘호렌게쿄. 일본의 승려 니치렌(日蓮, 1222~1282)이 창시한 니치렌종(日蓮宗)의 경전명이자 염불.

인사에게 엄중한 경고를 함과 동시에, 이 폭행경찰관 무리를 응징하고자 흥남경찰 당국에 그 처분을 청구하고자 한다.

폭행을 당한 다음 날 아침, 나는 여전히 내리는 비를 무릅쓰고 무두봉 야영지를 출발하여 따로 귀로에 올랐다.

일행과 뿔뿔이 흩어져 왔던 대로 다시 돌아가기로 한 나는 대삼림 속을 더듬어 갔다. 도중에 신무장을 통과하고 발길을 재촉하여 삼지연으로 돌아온 나는 이번에는 가운데 연못의 연못가에서 통나무로 엮은 가옥 한 채를 발견하고 그 집에서 1박했다. 가옥의 주인은 나이는 50대, 황해도 출신으로, 여름부터 가을에 걸쳐 이 대삼림 속에서 사슴 사냥에 전념하고, 또 동절기에는 산삼 채취를 목적으로 하여 홀로 쓸쓸히 이 통나무 오두막에 기거하고 있다고 한다. 다음날 아침 이곳을 출발하여 삼림 속을 더듬어가길 약 1리, 허항령에 도착하여 농사동農事洞을 통과한 뒤 무산으로 돌아가고자 했다. 육군 연락병 약 1개 소대와 우연히 만난 나는 다시 발길을 재촉하여 이날 정오경 탈태동脫胎洞에 와서 말을 타고 탈태동을 출발했다. 중간에 보태동을 통과하여 그날 저녁 보전에 도착, 지나인(도야마富山현 사람) 후지이 이와타로藤井岩太郎씨의 집에서 이틀 밤을 보내고 24일 정오경 혜산진에 귀착할 수 있었다. 드디어 도착한 혜산진에서는 압록강 본류와 갑산천의 홍수로 엄청난 대소동이 벌어져 있었다. 이때는 이미 북청北靑에서 후치령을 올라가 보산, 갑산을 거쳐 혜산진으로 오는 단 하나의 산길이 홍수로 인해 파괴되어 50여 리 사이의 교통은 완전히 끊어진 상태였다. 이로 인해 북청 방면에서 오는 물자의 공급은 단절되고, 혜산진 방면에 거주하는 내지인은 지극히 고달픈 시기를 겪고 있었다. 그뿐만 아니라 혜산진에서부터 갑산군에 인접하는 산수군 중평장에 이르는 도로 또한 홍수로 인해 마찬가지로 쓰라린 경험을 하고 있었다. 이런 일로 만일 국경에 사단이라도 일어난다면 우리 당국 관헌은 어떻게 이 변고에 대응하려고 하는가. 나는 이 방면의 도로를 개선하는 데 있어, 우리 당국관헌과 지방민의 각성을 엄중히 촉구하는 바이다.

—『조선 및 만주』 제226호, 1926. 9.

국경 200리 압록강을 거슬러 오르다

두 개의 검은 그림자

권총 방아쇠에 손가락을 걸고 앞가슴을 겨누다 (1)

국경자(国境子)

1월 중순경 겨울, 턱수염에 고드름이 달릴 만큼 추운 국경의 신갈파진을 찾았던 나는 약 반 년을 도쿄東京와 게이한京阪[51]에서 먼지처럼 떠돌다 오랜만에 5월 중순 신록의 계절을 맞이하여 압록강을 즐겼다. 지금까지는 상류에서 하류로 내려가는 여행만을 반복했기 때문에, 이번에는 아래에서 위로 국경 200리를 거슬러 올라가고자 신의주에서 국경 명물의 하나인 비행정飛行艇에 올랐다. 배의 이름은 히초마루飛鳥丸라고 하는데, 출발할 때는 그렇지 않았지만, 북하동北下洞까지 오자 손님이 확 늘어났다. 전차처럼 손잡이에 매달려야 한다고 할 정도로 초만원인 답답한 상황이었다. 히초마루는 최신식 기관機關을 갖췄다는 굉장한 배로, 160마

---

51) 교토(京都)와 오사카(大阪)의 줄임말.

력에 1분간 회전은 1,600회라고 한다. 윙윙거리는 프로펠러 소리와 폭음 때문에 고막이 찢어질 것 같았지만, 달팽이처럼 느린 속도로 우리와 같은 물길을 오르내리는 지나의 배 수백 척을 차례차례 추월해 가는 기분은 말로 다 할 수 없이 상쾌했다. 이것이 소위 우월감이라는 것일 것이다.

5, 6시간 후 청성진에 도착했다. 이곳에는 재미있는 이야기가 있다. 다이쇼 5년인가 6년 봄이었다. 지나 제2혁명52) 때 항인현桓仁縣 지사 왕제휘王濟揮가 내란을 일으켜 수하의 병사 수백을 이끌고 대안 하구에서 관병과 싸웠는데, 교전 후 얼마 지나지 않아 패배하고, 끝내 강을 건너 조선쪽으로 도망쳐 왔다. 우리 관헌에서는 무장 해제를 명한 뒤 안동도윤安東道尹에게 신병을 인도하고, 또 너무 잔학한 처벌은 하지 않도록 하라는 말을 덧붙였는데, 그의 인물 됨됨이를 알고 있는 장작림張作霖은 오히려 이를 장하현莊河縣 지사에게 맡겼다. 청성진에서 무장해제를 당한 당시, 이런 것은 필요 없다고 권총 등을 주자 우리 관헌병은 기뻐하며 받았지만, 그 당시 경찰부장 야마모토山本 대좌大佐는 그런 것을 소지해서는 안 된다, 돌려주라고 혼을 내서 모두 눈물을 흘렸다. 그런데 청성진에서 헌병대가 철수한 이듬해, 즉 11년 초여름에 비적의 대습격을 받아 경찰관서와 세관, 우편국 모두 전멸의 위기에 놓

---

52) 중국 신해 혁명에 이어 1913년 7월에 쑨원, 진기미, 황흥 등 국민당 세력이 주도한 군사 봉기로 '위안스카이 타도'를 목표로 일으킨 사건을 말한다.

이게 되니 필요 없다고 생각했던 헌병을 그리워했다는 기담奇談도 있다. 배는 5리, 7리 지점에서 정박하고, 이때 손님이 타고 내리며 우편물을 싣고 내린다. 불과 10분 정도 후에 바로 출발, 정박지에는 전부 윤선공사輪船公司 대리점이 있어 윙윙거리는 프로펠러 소리를 듣고 뛰어나와 배를 기다린다. 그리고 사람과 물자의 수수授受를 신속하게 처리한다.

창성에 도착한 것은 저녁 6시, 머물기에 이르다고 하여 4리를 거슬러 올라가 사창동私倉洞이라는 작은 마을에 머물렀다. 선인 숙소에 들어갔지만 자기에는 아직 일러 강기슭을 산책한다. 강 건너 지나의 집 여기저기에 켜진 등불이 강물을 사이에 두고 빛난다. 하늘에는 초저녁달이 안개 속에 아련하게 빛나고, 봄밤을 전율케 하는 미풍도 한 줄기 불어오지 않는, 조용하고 평화로운 분위기가 감돈다.

건너편에서 검은 그림자 두 개가 보였다. 금세 "누구요"라고 조선말로 수하誰何53)하면서 다가와 권총 방아쇠에 손가락을 걸고 앞가슴에 들이대고 있다…… 비적의 침입을 경계하는 젊은 순경이었다. 대답이 늦으면 방아쇠를 당긴다고 하니 대단히 위험하다고 하지 않을 수 없다.

—『조선신문』 제8539호, 1925. 6. 3.

---

53) 보초병 등이 '누구냐' 하고 검문하는 일.

국경 200리 압록강을 거슬러 오르다

비적보다 무서운 순경

경솔하게 사람의 생명을 앗아가다

원장님의 흥미로운 완력 (2)

국경자(国境子)

아침 5시 출발이라고 해서 새벽에 두 번째 우는 닭이 울 때 잠에서 깨어나 배로 갔다. 늦잠이라도 잤다가는 배가 기다려 주지 않는다. 빨리빨리 출범出帆해야지, 만에 하나 남겨지기라도 하면 2, 3일 동안은 오도가도 못 하는 새 장에 갇힌 새 신세가 되는 것이다.

벽동에 도착했지만 어디든 나와 있는 대리점이 오지 않았다. 명령 항로에서 우편물을 싣고 내려야 해서 선장은 무뚝뚝한 표정을 짓고 있었지만, 언제까지 기다려야 좋을지 알 수 없어서 서둘러 심부름꾼을 보내 대리점을 불러 오게 했다. 시간의 필요성을 느끼지 않는 사람들은 시간에 관한 신경이 마비되어 있다. 40분이나 지나서야 배에서 마중하러 간 심부름꾼이 사람을 데리고 귀

선했다.

아프리카에서는 코끼리의 미끼가 동족을 데리고 돌아온다는 이야기가 연상되었다…… 미끼가 없어도 배가 도착할 때쯤 나와 주는 대리점이 있었으면 한다.

불성실한 대리점이 오자 바로 배의 줄을 풀었다.

어업주재소 앞을 통과하면서 한 가지 일이 떠올랐다. 올 2월 말 경 평양에서부터 순시를 돌았던 다케다竹田 연대장이 썰매를 타고 통과하는데 이를 비적으로 착각한 경솔한 순사 하나가 발포하여 호위하는 10등병을 쏴서 큰 소동이 일어났다. 이에 도쿄에서 노老총독이 돌아오자마자 바로 군 당국에 간담을 요청하는 사건이 있었던 바…… 우리는 작지만 160마력을 지닌 배를 타고 올라간다. 배가 얼마나 변변치 못한 지는 말할 필요도 없지만, 경솔한 순경과 마주치는 것도 무섭다고 소문이 나 있다. 당국은 어느 정도 참고로 하는 게 좋을 것이다.

이른 저녁 초산에 도착한다. 강가는 앙토央土라는 쓸쓸한 부락인데 내지인이 운영하는 여관도 있다. 1리를 가면 초산 읍내로, 한 대이긴 하지만 마차가 왕복하고 있다. 운임도 비싸지 않다. 이곳에 적합한 편리한 수단이다. 경영자의 노고에 감사드린다.

초산은 국경의 2대 자혜慈惠 병원 소재지인 만큼 상당히 번성해 보인다. 그런데 이 병원의 원장님은 서무과장 모某씨와 뜻이 맞지 않아, 올 봄 어느 술자리에서 완력을 동원하여 서로 치고받은 적이 있다고 한다. 그 소식을 들은 이쿠타生田 지사가 원장이 완력을 쓰게 되면 세간의 좋은 평을 받을 수 없다고 화를 냈는데, 원장과 전부터 아는 사이였던 농업과의 나가이永井 모씨가 이때야말로 충의를 다해야 한다는 생각에 원장의 변호에 대단히 힘을 썼다고 한다. 결국 서무과장은 호되게 질책을 당하고 손해를 보는 쓰라린 경험을 했다. 나가이 모씨와 원장의 인연이 얕지 않은 내막은 언젠가 훗날 쓰기로 하겠다. 그 나가이 모씨는 구마모토熊本 고등농업학교 출신이긴 하지만, 삼림학 같은 것은 벌목꾼의 우두머리로 품위가 없다고 하여 교토京都대학 법과에 들어가 올 봄 고등문관 필기시험에 전부 패스했다고 하는, 명석한 두뇌의 소유자로 정평이 나 있다.

서무과장 모씨와 다툼이 있었던 원장도 지방관민에게는 대단히 친절하다고 인기가 많아서 무엇보다 더 없는 경사…… 대도시에 이름이 알려진 대가라면 전문기술만 충실히 이행하면 된다. 사교 같은 것에 신경을 쓸 필요도 없다. 하지만 시골 원장 같은 경우는 민심을 수람收攬하는 일이 대단히 중요하다. 사교수완의 여부가 나아가서는 임상상臨床上 미치는 영향도 적지 않다. 내부의 비뚤어진 모습을 씁쓸하게 생각한 나는 이 일을 듣고 굳게 결심한 바가 있었다. 부디 앞으로 자중하길 바란다.

—『조선신문』 제8540호, 1925. 6. 4.

국경 200리 압록강을 거슬러 오르다

얼음 위에서 40여 명 사살

노총독이 감사 전보까지 보낸 승부수
관리에게 제비집, 몽고참새 요리를 대접하다 (3)

국경자(国境子)

    초산과 압록강 사이는 1리라고 썼는데, 작년 봄 이 길을 보수 공사했다고 한다. 그런데 자갈도 충분히 깔리지 않았고, 또 지출한 돈과 대조했을 때 납득이 가지 않는 점이 있다고, 뭔가 석연치 않은 군郡 당국을 비난하는 좋지 않은 소문을 들었다. 그 구체적인 내용은 언젠가 가까운 시일 내에 조사를 마무리하고 나서 쓰도록 하겠다. 왜냐하면 좋은 일은 문밖으로 나가지 않는다는 말54)처럼, 나쁜 일만이 가장 신속하고 과대하게 선전되는 세상이므로 사실의 진상을 밝혀 나중에 쓸 필요가 있다.

    초산서는 올 봄, 아직 얼음이 녹지 않았을 무렵에 얼음 위에서

---

54) '좋은 일은 문밖으로 나가지 않고 나쁜 일은 천리를 간다(好事門を出でず惡事千里を行く)'는 속담에서 나온 말.

불령한 자들 40여 명을 사살했는데, 노총독이 그거 참 잘했다고, 이는 근래에 없는 공적이라고 도쿄에서 돌아오는 길에 감사 전보까지 보낸 승부수로 유명한 곳이다. 그만큼 우리도 그 노고를 대단히 치하하고 경의를 표하는 것이다. …… 이 일이 있은 이후 강 건너 지나 관헌은 특히 기분이 상해 사사건건 반감을 드러내는 행동을 취한다는 이야기를 들었다.

"봉천성장奉天省長 장작림의 양해를 얻어 지나 관헌을 통해 불령배를 철저하게 단속하겠다, 이후의 국경은 평온해야 할 것이다" 우리는 이런 이야기를 자주 듣게 된다. 중앙의 관리가 봉천에 가서 장작림 씨를 방문한다. 그리고 제비집과 몽고참새 요리를 대접받으며 중화민국의 요리는 세계 최고라는 감탄과 함께 건배를 거듭한다. 끝으로 "귀국의 사정은 잘 알겠습니다."라는 호의적인 대답과 함께 부인에게 줄 선물로 비취 세공품이라도 하나 주머니에 몰래 감추고 돌아온다. 이렇게 돌아와서 불령선인에 대한 대책을 세울 수 있다고 당당하게 발표하니 참을 수가 없는 것이다.

예전에는 제자로 취급했던 나라가 지금은 대단해졌다고, 강 하나를 사이에 두고 코앞에서 군비나 경비에 이런 문제가 있다는 듯이 행동하니, 인간의 번뜩이는 본능이라는 측면에서 생각해 봐도 정신상의 압박을 느낀 지나 쪽은 사사건건 이루 말로 다 할 수 없는 불쾌함을 품고 있을 것이다. 이 불쾌한 느낌을 완화하는 한 가지 방책으로 불령한 무리는 알맞은 꼭두각시이다. 이들을 잘 조종해서 비적이 잔인하고 비인도적인 행위에 성공할 때, 눈을 마주보며 한없는 미소를 흘리는 것은 꼭두각시를 조종하는 그들에게 그런대로 위안이 되는 것이다.

무분별한 생각을 가진 고얀 놈들이라도 약자의 입장인 불령한 무리가 강자의 압박에서 벗어나고 싶다며 애원하는 태도로 그들의 마음을 교묘하게 구슬린다면, 강자에 대한 반항심과 약자에 대한 동정이 뒤섞이고, 또 거기에 질투를 해소하기 위한 장난기도 섞이면서 뒤에서 몰래 불량한 행위를 하기 쉬울 수 있다. 마음속에 잠재된 것이 머릿속 어딘가에 있고, 그리고 그것이 꽉 박혀 빠질 수 없을 만큼 뿌리박혀 있다는 것을 생각해야 한다.

따라서 사건이 있어서 교섭을 하러 가면 손에서 빠져나가려고 하는 뱀장어처럼 애매한 태도로 뺀질거리니 요령부득이다. …… 봉천성에 이런 조약이 있다고 하는 바, 나로서는 뭐라고 해야 할지 몰라 하늘을 올려다보게 된다.

우리는 지나와 위와 같은 관계에 있으므로 초산서의 승부수는 확실히 그들을 화나게 했을 것이다. 따라서 그들이 마음속에 뭔가 이에 대한 계책을 품고 있고, 때때로 그에 따라 움직이고 있다는 사실을 생각해야 한다.

시모오카下岡 씨55)가 봉천에 갔다고 하니 만사를 제쳐두고서라

---

55) 1924년 7월 4일부터 1925년 11월 22일까지 조선총독부 정무총감을 역임한 시모오카 주지(下岡忠治, 1870~1925)를 가리키는 것으로 보인다.

도 당연히 이 문제를 거론하고 나왔을 것이다— 그리고 아마 요란한 접대를 받았을 것이다. 하지만 대단한 교환조건이 없는 한, 한반도 통치를 위해 맛있는 제비집 요리나 몽고참새 요리로 끝나지 않으면 다행일 것이다.

— 『조선신문』 제8541호, 1925. 6. 5.

국경 200리 압록강을 거슬러 오르다

무관의 제왕이라는 고마움

비적의 목표가 될 염려도 없이
오지에 미즈구치 영림청장을 방문하다 (4)

국경자(国境子)

3일째에 강계강구를 통과하여 압록강을 거슬러 올라가다 지난 봄 백운광白雲狂 일당이 노총독 일행을 향해 발포한 곳을 통과하게 되었는데, 지금은 대단히 평온무사하다. 비적의 목표가 되기 위해서는 상당한 자격이 필요한 듯하다. 내가 무관無冠의 제왕이라는 게 고마울 줄이야, 혹시 유관有冠이었다면 태평하게 통과할 수는 없으리라. 고산진高山鎭에는 점심 무렵에 도착했다. 20년 전부터 유명한 곳이지만 발전된 모습이 보이지 않는다. 특히 최근 영림지청이 유벌 중심에서 임정林政56) 중심으로 옮겨 간 관계로 강계로 이전되었기 때문에, 한층 더 쓸쓸해진 경향이 있다. 메

---

56) 임업에 관한 행정.

이지 40년 봄, 영림청에서 모집하여 배치한 이주민이 모두 발전의 흔적을 보이지 못하는 것은 딱하기 이를 데 없다. 영림청장 미즈구치水口 씨가 상류 쪽 삼림구역을 시찰하러 갔다가 돌아오는 길에 여기 체재하고 있다는 사실을 알고 경의를 표하고자 배에서 내려 이곳을 방문했다.

작년 말 자신의 분야가 아닌 영림청에 들어온 미즈구치 씨는 들어온 지 얼마 되지 않아 눈이 한창일 무렵 함남 혜산진 방면으로 답파를 시도, 백두산에서 시련을 겪었다. 또 얼음이 녹고 신록이 무성해지자 불령한 자들이 횡행하기 전에 가야 한다며 삼림지대를 돌았다. 그 열성에는 감복한다. 단, 급하게 간판을 바꿔 단 미즈구치 씨는 새로운 사업에 대해 훤히 꿰뚫어 보고자 하는 마음과 또 하나, 시모오카 씨가 얼음이 녹으면 국경을 보겠다고 하셨기 때문에, 만에 하나 시모오카 씨가 순시를 하러 왔을 때 대답할 수 있을 만한 재료를 찾기 위해 한 발 앞서 도보 여행에 박차를 가하고 있는 것일 것이다. ……

출장지인 금동 직영 사업지에서 화공火攻 등을 맞닥뜨렸기 때문에, 신문기사를 제외하고는 저 멀리 울리는 천둥소리로밖에 느껴지지 않았던 비적의 날뛰는 모습도 잘 알았을 것이다.

미즈구치 씨, 어떻습니까? 아무 무장도 하지 않은 귀공의 부하 수백 명이 제1선에 서서 특별한 보상도 없이 활동하고 있는 모습이 불쌍하다고 생각하지 않습니까? 기사技師나 계장과 같은 무리는 실내에서 도장이나 찍고 있는 대부분 물에 발을 담그지 않고 물고기를 낚는 것이나 마찬가지인 자들입니다. 채벌사업지의 현장 직원들은 지위가 낮은 자가 대부분입니다. 아무 무장도 하지 않고 위험한 제1선에 노출되어 일하고 있습니다. 이 사람들을 위해 뭔가 방법을 찾아 이에 보답하는 길을 강구해 주길 바랍니다. 그리고 미즈구치 씨, 입장이 다르기 때문에 타인의 일을 보면 당사자보다 더 잘 알 수 있다고들 합니다. 그래서 나는 평소에 지금처럼 비적 퇴치를 순사의 머릿수로 해결해 나가려는 방법 말고, 그밖에 뭔가 좀 더 능률적인 대책이 있지 않을까 하는 생각을 하고 있는데, 도무지 묘안이 떠오르지 않아 유감이다.

고산진에서 강계 영림지청장 히데지마秀島 기사가 부하 2, 3명을 데리고 배에 들어와서 갑자기 더 북적이게 되었다.

히데지마 군은 원래 외교에 능하지 않은 남자로, 평소 으스대듯이 몸을 뒤로 휙 젖히는 버릇이 있다고 한다. 전임 노데다이野手耐군이 청장이었던 시절에도 때때로 이런 지병에 가까운 모습을 보여 불쾌한 분위기가 넘쳐흘렀다고 한다. 확실하진 않지만, 작년 말 한창 일할 시기에 비교적 한지閑地인 강계로 이동하게 된 것은 그런 이유 때문이 아닐까.

이번 미즈구치 신청장의 첫 순시에 즈음하여 어떤 첫인상을 주었을까 대단히 조마조마한 기분이 든다. 배 안에서 들리는 이야기로는 이곳 사정을 잘 아는 청장으로 마음에 들었다고 하는데, 자신이 수희갈앙隨喜渴仰[57]했다고 한들 당사자인 미즈구치 군이 어떻게 생각하고 있을지, 대단히 무례한 일이지만 우려하지 않을 수 없다.

신의주에서 나와 3일째, 오후 4시경 만포진에 도착했다. 7, 8리 더 갈 시간이 있긴 있지만, 기자는 이곳 정박지에서 안전하게 머물기로 한다.

—『조선신문』 제8543호, 1925. 6. 6.

---

57) 기쁜 마음으로 부처님에게 귀의하여 불도를 구하는 것, 또는 무언가에 열중하는 것을 의미하는 사자성어.

국경 200리 압록강을 거슬러 오르다
새색시를 맞이한 젊은 경관
모두 난숙기에 들어간 여성들
국민 증식에 힘쓰다 (5)

국경자(国境子)

만포진은 호수 100가구가 안 되는 작은 부락인데, 예로부터 여러 가지 의미에서 이름이 알려진 곳이다.

경찰서에는 간판에 문흥文興이라는 지명을 적혀 있다. 강안 200리에 예로부터 통용되고 있는 만포라는 지명을 제외하고, 뭐가 힘들어서 사람들에게 이렇다 할 인상을 주지 못하는 문흥이라는 지명을 써 넣은 것일까. 길어 봤자 2, 3년이면 교체되는 관리가 지명의 깊은 내력도 알지 못하고 경솔하게 지명을 개변改變하는 것은 실로 가소로운 일로, 나는 경솔한 관리의 패악이 얼마만큼 민중에게 폐를 끼치고 있는지 알지 못 하는 어리석음을 슬퍼하는 것이다.

가이호海保 서장님을 만났다. 차분한 중년 신사로, 경찰관에게

서 흔히 볼 수 있는, 따지기 좋아하는 뒤틀린 면이 없다.

작년 겨울 서장의 부재중에 순경들의 태업이 있었다고 하는데, 순경의 태업이 기관을 망칠 걱정은 없었을 것이다.

가이호 씨는 문흥에서 5년이나 근속했다고 하니 국경의 서장학署長學에는 충분히 통달해 계실 것이다.

상대편과 사이좋게 지내세요, 줄어든 기밀비機密費로 꾸려가기가 쉽지는 않겠지요. 그런 사정은 안쓰럽습니다. 시골 경찰서의 정원이 130명이라는 이야기를 듣고 놀랐는데, 역시 머릿수로 해결하는 것 외에는 능률적으로 경비하는 방법이 없다는 것을 알게 되었습니다.

4, 5일 전에 강계 주변에서 이름도 모르는 신문쟁이라는 자가 찾아와서 광고비를 그러모아 갔다는 이야기를 듣고, 우리 동료들 중에 이런 무리가 출몰하여 돌아다니고 있음을 슬퍼했다. 총만 안 들었을 뿐이지 불령한 자들과 똑같다고 해도 좋을 것이다……

배로 강을 거슬러 올라감에 따라 신의주에서 합승한 손님이 점점 줄어든다. 내가 탄 배에는 내지인이 많은데, 젊은 경관이 새 색시를 맞이하러 갔다가 돌아오는, 소위 신혼여행중인 사람들이었다. 몇 조를 이룬 이 사람들의 고향은 제각각이다. 즈즈거리는 도호쿠東北 사투리, 밧텐을 붙이는 나가사키長崎 사투리, 시초루로 끝나는 야마구치山口의 사투리, 오사카 여자는 "긴 여행에 힘들지 않습니까?"를 사투리로 연발해서 새삼 묻지 않아도 그 출신현만큼은 충분히 추정할 수 있었다.

모두 난숙기爛熟期에 접어든 여성들이다. 따라서 부임지에 도착하면 서둘러 산란 기능을 발휘하여 국민 증식에 힘써 줄 것이다. 모두 평범 이상의 뛰어난 용모를 지니고 있다.

늑대와 호랑이 외에도 자는 사람의 목을 노리는 불령인이 출몰하는 국경에, 묘령의 꽃처럼 아름다운 미인을 데리고 오는 청년 경관들의 대단한 수색력에는 그저 경의를 표할 수밖에 없었다.

이 날도 이 신혼부부들 중 한 조가 상륙했다. 작은 선실에서 4일 동안 알고 지낸 지인과 헤어질 때는 육지의 십년지기와 헤어지는 것 같은 쓸쓸함을 느낀다. 지금 헤어지면 또 언제 만날 수 있을까……

이 일대에서는 드문드문 산불을 관찰할 수 있다. 지나 쪽도 불타고 있거니와 조선 쪽 산에도 불이 나서 사방에 연기가 자욱하게 깔려 있다. 그 모습은 마치 엷은 구름이 내려 와 있는 것 같고 태양빛도 잔뜩 흐려져 있다.

—『조선신문』, 제8544호, 1925. 6. 7.

전기사업과 목재상
원만주의자인 남자와 1리 앞도 못 보는 돌팔이 의사나리 (1)

국경자(国境子)

함흥에서 6천만 원짜리 일대 전기사업이 시작되어 시민 3만 명이 투입된다는 이야기가 들려오자 뭘 해도 돈을 벌 것이라고, 이제부터 시작이라고 맨주먹만 기세 좋게 휘두르는 무리들이 뛸 듯이 기뻐하고 있다. 수중에 땡전 한 푼 없는 현실의 비애를 일시적이나마 잊게 된 것은 대단히 경사스러운 일이다. 그런데 이 전기사업으로 인해 한 가지 생각하지 않을 수 없는 일이 압록강 기슭의 목재상들에게 일어났다.

장진강長津江 물을 함흥 쪽으로 거꾸로 떨어지게 하면 수량이 현저하게 줄어들 것이다. 당장이라도 비가 그치면 물이 부족하여 유벌에 곤란을 겪고 있는 벌부들은 녹초가 되어 모두 주저앉게 될 것이라는 상상이 가능하다. 나는 전기사업예찬이라는 큰 북을

두드림과 동시에 유벌을 위한 물길의 파안공사破岸工事를 잊지 않길 바란다. 이 유역 삼림의 오모토지메大元締58)인 미즈구치水口군 등은 이에 대해 어떤 생각을 갖고 있는 것인가. 마치 혼간지本願寺에 참배하러 온 촌뜨기들처럼59) 수력전기 그거 참 대단하네, 하고 모두가 고마워하며 그 지역의 사정을 잊어버리면 그 휘하에 있는 목재상은 견딜 재간이 없을 것이다.

이 일대 목재상으로 좋은 평판을 받고 있는 이는 이마니시 간타로今西勘太郎군이다. 원만주의자인 남자로, 때에 따라서는 표주박 밑바닥처럼 지나치게 둥글둥글해서 저러다 굴러 넘어지는 게 아닐까 위태로워 보일 정도이다.

남의 이야기를 잘 경청하지만, 그 말에 편승하거나 부추기는 소리에 우쭐해지는 일은 없다. 나이는 초로에 접어들었지만 상당한 장정으로, 그런 면에서도 젊은이들을 능가하는 활력이 있다고 한다.

---

58) 회계·경리 등을 총괄하는 역(부서).
59) 도시로 구경을 온 시골사람이 처음 보는 도시 풍경에 압도되어 신기해하는 모습을 교토 혼간지에 참배하러 온 시골사람에 비유하고 있다.

◇

　일전까지 이곳 공의公醫로 있던 미부네御船라는 자가 있었다. 왕
년에 후쿠라이福来 박사가 뒤를 졸졸 따라다니며 감탄한 천리안千
里眼의 소유자 미부네 치즈코御船千鶴子[60]의 남동생이라고 해서, 신
갈파新乫坡 지방에서는 세상의 흔해 빠진 돌팔이 의사보다 뛰어난
수완이 있을지도 모른다며 마치 기린아麒麟兒라도 손에 넣은 것처
럼 그를 진중히 여겼다. 그런데 어찌 생각이나 했으랴, 누나의 천
리안을 닮지 않았음은 물론이요, 1리 앞도 보지 못하는 범용한
일개 서생으로, 기린은커녕 노마駑馬[61]에도 미치지 못하는 솜씨를
가졌던 것이다. 큰 기대를 품고 별 볼일 없는 사람을 맞이한 사
람들은 다소 무능한 기색을 띤 그의 행동에 눈을 마주치는 게 오
히려 우스울 정도였다. 의사가 젊다는 사실만으로도 불안한데 전
대前代 공의에게 물려받은 약품을 그대로 충실히 사용한다고 하니
환자들은 어지간히 손해를 보게 된 것이다.

— 『조선신문』 제8597호, 1925. 8. 1.

---

60) 메이지(明治) 말기에 일어난 소위 천리안사건(千里眼事件)의 주인공 중 한 명으
　로, 천리안과 염사 능력을 가졌다고 하여 도쿄제국대학(東京帝國大學)의 후쿠라
　이 도모키치(福來友吉) 등의 일부 학자와 함께 공개실험과 진위논쟁 등 일련의
　소동을 일으켰다.
61) 느린 말. 비유적으로 재능이 둔한 사람.

국경의 안쪽으로—장백산 기슭까지
여름은 물이 끓는 100도 남짓
현명한 류 순경국장과 미부와 함께 사는 범용한 경부보 (2)

국경자(国境子)

여름은 물이 끓는 100도 남짓이라고 작년 노총독과 함께 압록
강을 내려가기 전 대머리 국장 마루야마丸山 군이 노래를 불렀던
것은 거짓 없는 사실로, 국경의 염천炎天은 도시인이 도저히 짐작
할 수 없을 만큼 덥다.

오랜만에 압록강을 건너 대안 심삽도구十三道溝의 순경국을 방
문, 마적의 근황을 들으니 올해 31인이 왔다고 한다.

◇

순경국장 류劉군은 "혼호자 (마적을 가리키는 말)는 수천 수백 명이 와도 괜찮다. 닥치는 대로 때려죽일 것이다"라며 대단히 의기헌앙意氣軒昻한 모습을 보인다. 이런 센 척하며 이야기 하는 모습에 익숙해진 자라면 진짜 감쪽같이 속겠지만, 오랜 세월 그 솜씨를 봐 온 국경자는 충분히 이해한 표정을 지으면서도 쉽사리 그 수법에 넘어가지 않는다. 세 보이는 적이 30명이나 오면 토벌, 토벌 하고

기무라 장백파견원이 대안(對岸)의 무료 치료를 위해 순회하고 있는 모습. 국경자 촬영

목소리만큼은 대단한 기세를 보이겠지만, 정작 선뜻 걸음을 옮기지는 못 한다. 높은 언덕 위에 지어진 전망대로 숨어들어가 소위 "군자는 모름지기 위험한 곳에 가까이 가지 않으니 이것이 중화 선현의 가르침"이라며 적절한 지점에서 공자님의 제자가 된다. 공자님께서 "기회를 엿봐 재빨리 응용하는 자 현명하도다"라며 저 세상에서 쓴웃음을 짓고 계실 것이다.

센 척 하는 이야기를 듣고 강안으로 나오니 때가 낀 목달이 옷에 헬멧과 양산을 쓴 남자와 우연히 마주쳤다. 장백부長白府 영사領事 지점에 있는 기무라木村 경부보이다. 여행 도중 암페라62) 오두막에서 잤더니 감기에 걸렸다며 목에 붕대를 감고 목소리는 쉬어 있다.

지나 쪽 이주 선인 제군을 위해 조선의 의사를 데리고 무료 치료를 하러 다니는 중이라고 기특한 말을 한다. 화약 냄새가 나는 거친 일에만 열중하는 것이 현명하지 못하다는 생각에 괴로워하고 있는 기자는 텅 빈 골짜기에서 발소리를 들은 것처럼 반가운 마음에 유쾌한 기분이 든다.

선동鮮童의 머리를 쓰다듬어 주거나 만삭의 선부鮮婦에게 중장탕中將湯63)을 마시게 하고, 설사에는 피마자유, 돈복頓服64)에는 비스미트65)를 주는 것은 무시할 수 없는 좋은 결과를 가져온다. 그

---

62) 방동사닛과의 다년초, 그 줄기로 짠 거적.
63) 부인병에 효과가 있다는 한방약의 하나.
64) 여러 번에 벼르지 않고 한꺼번에 복용함. 또, 그 약.
65) 지사제(止瀉劑)로 쓰이는 차갈산 비스무트(bismuth subnitrate).

를 안지 2년이 되었는데, 그는 일에 흥미를 갖고 움직이는 남자이다. 돋보기가 아니면 그 존재를 알 수 없을 만큼 작고 하찮은 지위에 있지만, 장백에 파묻혀 마치 저 멀리 모함母艦을 떠난 작은 배처럼, 까다로운 중화민국 노옹의 비위를 맞추면서 요령 있게 일을 계속해 가는 모습에는 탄복하지 않을 수 없다.

대단한 위치가 아닌 그에게 큰 수입이 있을 리가 없다. 그래도 공적인 의미가 있는 연회석에는 외무성이라도 대표하는 것 같은 자부심을 보이며 볼품없는 얼굴을 넉살 좋게 내밀고 있는 모습을 보면 항상 우스꽝스러움과 기특함이 교차한다.

세상에는 뜻을 이루는 자들이 있다. 그가 술에 빠지지 않고 자유자재로 좌담에 참여하고 고시벤腰弁[66]에 어울리지 않게 저금통장이 두둑한 것은 전적으로 아내의 바람직한 지도에 의한 것이다. 만일 그런 아내의 지도가 전혀 없었다면 준마駿馬가 치한痴漢을 태우고 달린다[67]는 식의 무례한 결론에 도달할 것이다. 따라

---

66) 집에서 싸 가지고 다니는 도시락(도시락을 들고 다니는 하급 월급쟁이에 비유).
67) 어울리는 상대를 만나지 못하거나 세상은 뜻대로 되지 않음을 일컫는 속담. 특히 미인이 시시한 남자와 결혼하는 경우를 빗대어 말한다.

서 그에게 경의를 표하며 미부美婦가 범인을 데리고 살고 있음을
다시 한 번 말해 두겠다.

— 『조선신문』 제8598호, 1925. 8. 2.

국경의 안쪽으로 – 장백산 기슭까지

혼자서 건물 한 채를 건립

독지가 손군을 감동시키다

여기에도 일지융화의 현실화가 (3)

국경자(国境子)

◇

신갈파新坡에서 지낸 적이 2, 3번 있다. 그중 한 곳이 손술도孫述擣라는 중화민국 사람이 기부 건축을 한 연무장練武場이다. 손군은 다 같이 모여서 하면 재미가 없다며, 나 혼자 건립하도록 맡겨줬으면 좋겠다고 서장 핫토리服部군에게 요청을 했다. 뭘 내놓는 일이라면 품에서 손을 내놓는 것도 달가워하지 않는 야박한 요즘 세상에, 그것도 혼자서 한 채를 건립해서 희사喜捨하겠다니, 핫토리군은 있을 수 없는 요청이라며 덩실거리며 기뻐했다.

◇

하지만 그는 이런 좋은 일이 또 어디 있겠냐 싶어도 내 생각만으로 이 일을 결정할 수는 없다, 일단 상사의 속내를 살펴 볼 필요가 있다고 생각했다. 그는 이 기부를 받아야 할지 말지에 대해 일종의 우사하치만宇佐八幡格68)격인 경찰부장 가와사키川崎 군에게 신탁을 청했다.

사람을 치켜세워주고 기회를 포착하는 데 능숙한 그는 "독지가 손군의 의지를 존중하여 전부 한 사람의 희사에 맡기라"고 기름을 부었다. 그리하여 건축물이 완성되었다. 강 하나를 사이에 두고 시종 서로 노려보며 견원지간의 분위기를 자아내는 국경에서, 중화민국 사람이 평화와 봉사를 뒤섞은 대단히 의미 있는 마음을 연무장 건립을 통해 현실화해 주었으니 핫토리군이 유열愉悅의 경지에 도취된 것도 무리는 아니다.

국지적이긴 하지만, 자네의 대지외교對支外交는 어느 정도 바람직하다고 할 수 있어. 말이 나온 김에 한마디 덧붙이자면, 자네의 명석한 머리, 지갑을 지나치게 꽉 닫지 않는 점, 건강하게 일에 최선을 다하는 점은 인정하지만, 아직 다방면의 일들이 수없이 많다는 것을 자성하지 않으면 안 된다네. 자네는 아직 젊어. 미래가 있지. 항상 자중하는 마음을 갖도록 하게.

여기에 요코야마橫山, 시게키繁木라는 감탄스러운 두 인물이 있다. 둘 다 검소한 일상생활을 하면서 겸손의 덕을 갖추고 있다.

---

68) 오이타(大分)현 우사(宇佐)시에 있는 신사로, 일본 전역에 있는 44,000여 곳의 하치만구(八幡宮) 신사의 총본부. 우사하치만구 신탁사건으로 유명하다.

공공사업에는 최선을 다하고, 말수는 대단히 적지만 실행력이 뛰어나다. 물론 돈도 꽤 있는 것 같지만, 그런 기색을 일절 내비치지 않는 것은 수양의 결과일 것이다. 이 가난한 마을에 두 사람이 있다는 것이 그나마 유일한 마음의 위안이다.

연무장 개회식 당일의 광경. 앞줄 중앙 지나옷 차림의 사람이 기부자 손군.

—『조선신문』 제8600호, 1925. 8. 4.

국경의 안쪽으로—장백산 기슭까지

귀하디 귀한 지혜를 짜내어
십삼도 주민을 깜짝 놀라게 만들고 싶다
국경 화전민의 구제를 강구하라 (4)

국경자(国境子)

산불로 이름 높은 이 일대는 어느 경찰서에 가도 삼림령 위반
이라는 소란스러운 그물에 걸린 화전민들이 피의자 취급을 받고
있다. 화전을 일구는 자를 산불의 시초로 여기는 듯하다. 절의 처
마 밑에 드러누운 놈이 새전함 도둑으로 의심받는 것과 마찬가지
이치일 것이다.

재판소도 없는 국경의 깊은 산 속에서 수입인지가 팔리는 것
은 봄가을 두 계절에 산불이 날 때뿐이다. 덕분에 국고로 들어가

는 수입도 꽤 된다며 속물적인 관리들은 기뻐한다(경찰의 즉결처분으로 한 건에 2, 30원씩 벌금을 수입인지로 거두기 때문이다). 하지만 이 벌금 수입은 황폐해진 삼림에 비교하면 도저히 말이 안 되는, 새 발의 피 정도인 소액이다. 엄청난 가치가 있는 대삼림이 그 벌금과 맞바꾸어져 무참한 최후를 맞이하고 있다는 생각을 하면, 대진재_{大震災} 당시의 피해 흔적을 상상하는 것 같은 암루_{暗淚}69)를 흘리지 않을 수 없다. 비장감이 감도는 것이다.

◇

산불 현장에 진입하여 시찰해야 한다는 친구의 말에 마음이 움직여서 안내인을 끌고 나가본다.

◇

더운 와중에도 도처에 계류_{溪流}와 녹음_{綠陰}이 있고 겨드랑이 밑으로 불어오는 강바람은 실로 시원하기 그지없으니, 그야말로 천금의 값어치가 있다. 도중에 지인의 집에 들러 점심을 먹고 강가와 마주한 정원의 나무 그늘 밑에서 잠시 쉰다.

◇

---

69) 남몰래(저도 모르게) 흘리는 눈물.

113

산불 현장에 도착해 보니 과연 잘도 불타버린 상황이다. 하지만 활엽수는 내구성이 있어서 좀처럼 고사하지 않는 반면, 불에 취약한 것은 낙엽송이다. 불탄 모습에 대해 쓴다고 한들 독자들도 흥미가 없을 것 같아서 건너뛰기로 한다.

◇

조선의 산을 조사하기 위해 사토佐藤 박사 일행이 각 도道를 편력遍歷하는 고생을 겪으며 압록강의 삼림도 시야에 넣었을 터, 뭔가 한 가지 뛰어난 온축蘊蓄70) 같은 것을 기울여 산불을 예방하기 위한 안배를 해 주길 바란다. 화전민을 정리하라든가, 경지에 적합한 임지林地를 개방하라든가, 화전민의 생존권을 인정해 주라는 식의 진부한 논리는 청량리淸凉里의 도자와戶澤 검척법檢尺法71) 박사도, 삼림과의 고토後藤도, 또는 영림청의 미즈구치水口나 이토伊藤 같은 완고한 무리도 알고 있을 것이다. 따라서 귀하디 귀한 지혜 짜내어 국경 주민, 아니 십삼도의 주민을 깜짝 놀라게 해 주길 바라는 것이다.

◇

빈약한 조선의 살림살이에서 여비만 뽑아내 도망가 버린다면

---

70) 오랫동안 학식 따위를 많이 쌓음. 또는 그 학식.
71) 벌채한 재목의 길이나 굵기를 재어 종류별로 기장하는 업무에 관한 법.

시모오카 씨의 체면이 구겨지지 않겠는가.

산불 임지 답사 도중 지인의 정원에서 잠시 쉬고 있는 국경자

—『조선신문』 제8603호, 1925. 8. 7.

국경의 안쪽으로 – 장백산 기슭까지

무서운 것은 산불보다 인재

호박이 넝쿨 채 굴러들어온 교장아들
완고한 미즈구치 군, 정신 차리시길 (5)

국경자(国境子)

불타버린 산을 본 것만으로는 충분히 납득이 가지 않아서, 마르고 힘없는 말의 엉덩이를 두들기며 장진강 줄기를 따라 안으로 들어간다.

◇

이 유역의 삼림도 러일전쟁 후 20여 년간 계속 벌목되었기 때문에, 살집이 좋은 비계처럼 쓸모 있는 삼림은 이미 사라져 버리고 남은 것은 그저 뼈에 붙은 살점처럼 빈약한 삼림뿐이다.

완고하고 저명한
미즈구치 영림청장님

이런 흐름 속에서 함흥과 가까운 방면에서 도쿄가정학교東京家庭
學校 교장의 자식 놈인 도메오카 도시留岡敏라는 인물이 낙엽송림
의 벌채권을 얻어 보증금 수천 원을 올 3월에 납입했다고 한
다…… 아니, 당치도 않은 일이다. 아무 인연도 없는 먼 곳의 젠
틀맨이 잘도 장진강 오지의 삼림을 알고 계셨군.

이 신사가 손에 쥔 삼림 근처에 6천만 원짜리 수력전기가 생겨
난다. 낙엽송은 토목공사용이나 건축용재로 얼마든지 팔린다. 바
야흐로 학교장 도메오카 씨의 아들놈은 호박이 넝쿨째 굴러들어
오겠거니 하고 기뻐하고 계시겠지.

◇

압록강 기슭의 임업가 제군이여, 정신 차리시길. 귀공들이 오
랜 세월 애써온 노고에는 감사하지만, 비계가 조금 붙어 있는 삼
림은 몽땅 교장 아드님이나 표주박 가게 늙은이들이 마치 소리개
가 유부를 빼앗듯이72) 낚아채서 휙 날아가 버린다. 벌어진 입이

---

72) 애써 얻은 물건을 불의에 빼앗김을 비유하는 말.

다물어지지 않는 귀공들의 벗겨진 머리에 똥이라도 싸고 갈 것 같은 낌새도 있으니, 생각하면 차마 불쌍하다는 말도 할 수 없을 따름이다.

　가라후토의 삼림도 산불 이외에 인재人災라고 해서, 도쿄에서부터 요란한 명함을 파서 날아드는 무리로 인해 대단히 황폐해졌다고 들었다. 앞으로 압록강에도 이런 종류의 불량 소리개가 둥지를 틀기 위해 오지 않으리라 장담할 수 없다. 시모오카 총감 곁에도 매일 몇 조씩 소리개 무리들이 목구멍 안으로 뛰어 들기 위해 기합을 넣고 있다고 한다. 그러나 시모오카 씨는 개인보다도 조선을 위해 무엇이 중요한지 알고 있을 터. 특히 영림청장 미즈구치 군의 경우, 오랜 세월 조선에서 녹을 먹으며 산전수전을 다 겪은 사람인데다가 대단히 완고한 면이 있기 때문에, 도둑 소리개 정도에게 낚일 걱정은 없을 것이라고 믿는다. 부디 조선에서 고생한 자, 조선을 위해 애쓸 것 같은 자를 잘 구분해서 핸들이나 변속장치를 능숙하게 다루듯이 잘 조정해 주길 바라는 바이다.

— 『조선신문』, 제8605호, 1925. 8. 9.